童心園

童心園

童心園

童心園

秘密に満ちた魔石館 2

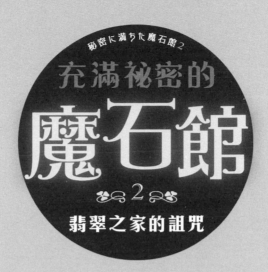

充滿祕密的魔石館 2

翡翠之家的詛咒

作者 廣嶋玲子　繪者 佐竹美保　譯者 林佩瑾

PHP

目錄

序章 005
青金石——畫出靈魂的肖像畫 007
琥珀——封印黑暗的漂流物 033
黃玉——幸運守護者 075

翡翠——與山神的約定 097
黑珍珠——烏黑眼眸的謎樣美女 153
鑽石——帶來災禍的寶石 197
尾聲 213

序章

哎呀，真是稀客啊！歡迎來到魔石館，既然來到此地，想必您對寶石有興趣吧？

是的，沒錯。寶石是多麼吸引人呀！美麗、神祕，同時也充滿魅力與祕密。而敝館所收藏的寶石更是如此。每一顆寶石都蘊含著動人的奇聞。因此，請儘管入內參觀，慢慢欣賞這些寶石的故事。

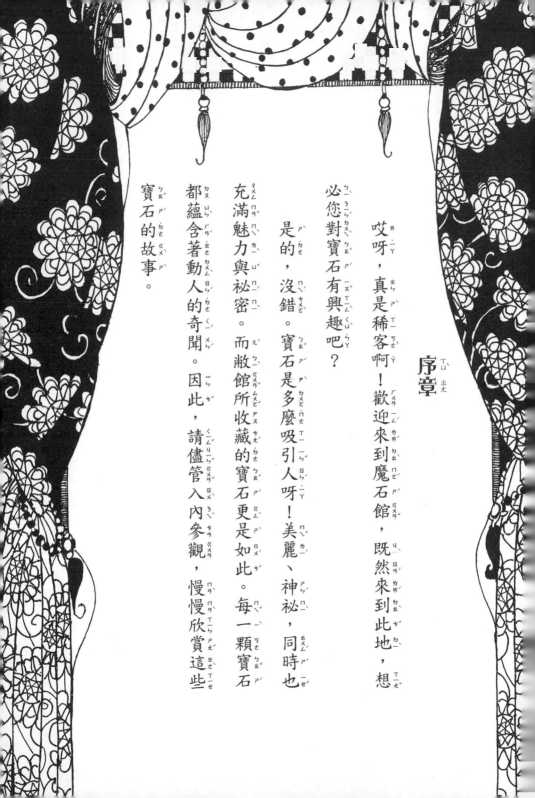

青金石

畫出靈魂的肖像畫

從前，所謂的藝術家，其實比較偏向於工匠。他們的工作就是接下有錢人或貴族的訂單，做出客戶滿意的作品。當時，沒有藝術家能盡情創作自己的繪畫、做自己想做的作品。

在西班牙首都馬德里，有一名叫做荷西的少年。他從小就很會畫畫，於是十歲時，父母讓他拜師於畫家阿方索的門下。

阿方索是大貴族巴加斯家所雇用的畫師，若是順利的話，說不定荷西也能成為某個貴族家的畫師。父母讓他入門學畫，打的就是這個如意算盤。

然而，荷西說不上是優秀的徒弟，他固然有天分，但不知怎麼搞的，總是提不起勁練習，理由一律是：「我沒有想畫的東西，所以畫不出來。」

久而久之，阿方索對荷西失去了耐心，漸漸不再教他畫圖的技巧，淨是叫他打雜。

時光飛逝，荷西也十五歲了。

這一天，荷西依然在畫室默默打掃。

他還是老樣子，沒有任何要作畫的意思。

他就是提不起勁，雖然他喜歡畫畫，但若是有人要他畫這個、畫那個，熱情便瞬間熄滅。

荷西為此焦躁不已，明明應該有其他想畫、必須畫的東西才對！只是，為什麼遲遲找不到呢？

此時，阿方索對荷西說道：「喂，小鬼。我要去巴加斯家，你來幫我提行李。」

「是，師傅。」

荷西抱起堆得跟山一樣高的畫具，尾隨阿方索。

兩人抵達了巴加斯宅邸。與其說是宅邸，不如說是城堡，此處金碧輝煌，簡直就像童話故事中的城堡。儘管荷西跟師傅來了好幾次，卻每每為之讚嘆。

女僕直接帶兩人前往後面的房間。房裡空蕩蕩的，只擺著一張空白的畫布。

阿方索詢問帶路的女僕：「艾蜜莉亞小姐呢？」

「小姐還在梳妝打扮，請二位再稍候片刻。」

「哼，真受不了。少了模特兒，我該怎麼畫肖像畫？」

阿方索氣呼呼的轉向荷西：「你去拉開窗簾，讓光線進來……不行，後面實在太空曠了。你去院子摘一些花，白色的或其他淺色的都好，這樣才能襯托出艾蜜莉亞小姐的清純感。」

「是。」

荷西趕緊衝進院子，卻困惑了起來。

看來，師傅想為這位叫做艾蜜莉亞的小姐畫肖像畫，而且想用花朵來為畫像增色。可是，院子裡有這麼多白色或淺色的花，究竟哪種花才適合艾蜜莉亞小姐呢？

荷西望著花團錦簇的六月庭園，陷入沉思。

就在此時，躂躂、躂躂！一名少女踏出輕快的腳步聲，跑了過來。她穿著縫上小顆珍珠的奶油色洋裝，上頭綴有金色緞帶與藍色蕾絲，鞋子也有金色刺繡。一頭深栗子色的長髮，也配戴著寶石髮飾。只消看一眼，就知道她是名門千金。

然而，荷西根本不把對方的身分地位看在眼裡，他是被少女的嬌柔可愛所深深打動，尤其是那雙迷人的眼眸。那比愛琴海還藍的群青色，那種群青色，彷彿敲碎青金石製作而成，是如此尊貴不凡。啊，難怪這名少女會配戴青金石串珠項鍊，的確很適合她的藍色眸子。

至於少女，她一見到荷西，便嚇得全身僵直。隨後，一群女僕從後方氣喘吁吁的追上來。

「艾蜜莉亞小姐！您這是在做什麼！」

「畫師在等您！老爺有令，必須趕緊畫完肖像畫才行！」

這名叫做艾蜜莉亞的少女，頓時愁容滿面。荷西清楚看見，她的眼底泛起了淚珠，不過，少女隨即擺出了一張撲克臉，轉向那群女僕們。

「嗯……我現在就去。」她無力的答腔，接著在女僕們的簇擁下回到屋裡。

荷西為之一震，恍然大悟。

剛才那名少女就是艾蜜莉亞小姐。看來白百合最適合用來當她的背景，美麗卻帶著一抹悲傷的白百合，就是她的寫照。

懷著慷慨激昂的心情，荷西趕忙請園丁收集白百合。

從那天起，阿方索每天都去巴加斯家大宅，為艾蜜莉亞繪製肖像畫。

當師傅繪製艾蜜莉亞的畫像時，荷西都隨侍在側，負責遞畫筆或顏料給師傅。荷西一邊幫忙，一邊牢牢注視著艾蜜莉亞。

明明很可愛，表情卻憂愁得令人心痛。阿方索希望艾蜜莉亞笑一笑，但不管如何懇求，那張臉依然蒼白而缺乏生氣。荷西心裡暗自擔心，她脆弱得彷彿隨時都會消失。

畫像終於快完成了。接下來，只要在阿方索的畫室調整細節就好。

荷西不經意的端詳那幅快完成的畫像，差點無法呼吸。

畫中的艾蜜莉亞打扮得端莊美麗，戴著青金石項鍊，而那一雙與項鍊墜飾同色的群青色眼眸，則筆直的望向觀畫者，嘴角泛起一抹甜美微笑……

這是誰？我可不認識這個少女！

荷西的腦袋一片混亂，他趕緊衝去找師傅。

「師傅！那是怎麼回事？為什麼艾蜜莉亞小姐笑了？」

「喔，你說那個啊？那是菲利普老爺的要求。他說肖像畫必須越美越好，最好笑得跟綻放的玫瑰一樣。」

「可是……那才不是艾蜜莉亞小姐呢！」

「閉嘴！少囉唆！」阿方索憤怒的打了荷西一巴掌。

「沒心畫畫的人，有什麼資格對師傅說三道四！聽好了，那幅畫是要送給王公貴族的，如果對方看了滿意，肯定會迎娶艾蜜莉亞小姐。那可是關係到艾蜜莉亞小姐的婚事啊！」

不敢違抗師傅的荷西，不滿也不再說什麼。

「你那什麼表情？真是討厭，快打掃畫室，我出門一下。」

說完，阿方索邁著大步走出畫室。

獨留在畫室的荷西，又看了那幅畫一次。

真噁心，畫布裡滿滿的虛偽，不如拿刀子將它割爛算了。

荷西一邊唉聲嘆氣，一邊正想開始打掃畫室時，突然聞到一股橙花般的香氣。轉過頭去，不禁睜大雙眼。

原來是艾蜜莉亞．巴加斯！她一如往常的戴著青金石項鍊，一如往常的露出哀傷的神情。

「對不起，突然來訪……不過，我真的很想看看那幅快完成的畫像。」

語畢，艾蜜莉亞進入畫室，站在那幅畫前方。接著，她深深嘆了一口氣。

「唉……果然變成了這種畫。」

「艾蜜莉亞小姐……」

「我懂，我真的懂，只是……還是好難過。」

說到這兒，艾蜜莉亞忽然激烈大喊：「唉，真是煩死了！我身為巴加斯家的第三個女兒，有義務與人政治聯姻，讓家族更強大！我懂，我當然懂！但，我才十四歲而已！我還不想長大！我想要自由！誰要跟大上二十五歲的人結婚？討厭、好討厭！」

大聲哭喊的艾蜜莉亞實在令人憐惜，荷西忍不住想抱緊她，對她說不要擔心，然而，他還來不及行動，艾蜜莉亞便激動得將脖子上的項鍊用力扯下。

啪！青金石珠子四處飛散，艾蜜莉亞被聲響驚醒，臉色蒼白的注視荷西。

「我，呃……對不起。」

「沒關係，艾蜜莉亞小姐，別在意，我把珠子撿起來就好。」

「我也來撿。」

兩人默默的撿拾珠子，放進空瓶裡。

「應該全部撿完了，如果又看到珠子，我會送到府上的。」

「謝謝你……能不能，不要把我來這裡的事情……」

「我不會說出去的。」

「謝謝。」艾蜜莉亞悄聲道謝，接著就離開了。

畫室裡又剩下荷西一個人，他心裡滿是鬱悶。艾蜜莉亞的心，一定宛如鳥兒般自由自在，然而，她的身體卻被傳統與義務所束縛，因而十分痛苦、艱辛。真希望能多少減緩她的痛苦，可是，自己又能做些什麼呢？

荷西煩惱的著手打掃地板，卻掃到一顆東西。是青金石珠子！看來，這裡還殘留一顆。現在馬上出門，應該還能追上艾蜜莉亞，但是荷西並沒有這麼做。

因為，一看到那顆藍色珠子，他就明白自己該做什麼了。

兩個月後的某一夜，艾蜜莉亞躲在被窩裡啜泣。明明已經半夜，她卻怎麼也睡不著。

因為，父親發布了命令：「妳的婚事已經談妥了。今年冬天就成親，準備嫁人吧！」

艾蜜莉亞根本開心不起來，而且也不敢大聲說不要。她覺得自己好沒用，居然只能獨自在晚上啜泣。

要是能逃走，那該有多好呀！

此時，忽然有人低聲呼喚她的名字。

「艾蜜莉亞小姐……」

艾蜜莉亞猛然起身，只見露臺有個年輕人。她努力忍住尖叫的衝動，因為那個年輕人很眼熟。對了，他是畫家的徒弟，曾經幫忙撿項鍊的珠子。不過，他怎麼會來這裡？

年輕人見艾蜜莉亞嚇得說不出話，便誠懇的向她道歉：

「真的很對不起，這麼晚來打擾。不過，這裡有一樣東西，我非還給您不可。」

「還給我？」

「是的。」

年輕人將背在肩上的大幅卷軸攤開來，艾蜜莉亞探頭一看，頓時為之一驚。

那是一幅畫，有一隻長著翅膀的獅子，翱翔於水藍色天空。艾蜜莉亞騎著獅子，頭髮像獅子的鬃毛般凌亂，身上只披著黑色皮毛。她，彷彿異國神話當中的豪邁女武神。

畫中的艾蜜莉亞笑得好爽朗，綻放著豪放不羈的神采。那雙群青色眼眸，也洋溢著滿滿的活力，那正是她理想中的自己。

艾蜜莉亞震驚得無法動彈。

年輕人輕聲說道：「那天，我在畫室裡找到殘留下來的一顆珠子。那東西……我把它據為己有了。我把它敲碎磨成粉，用來做成顏料，畫出這雙藍色眼眸。因此，這幅畫是您的。艾蜜莉亞小姐，我將它還給您。」

艾蜜莉亞依言收下畫像，因為她也覺得非收不可。

她注視著畫像，悄聲問道：「為什麼要畫這幅畫呢？」

「因為我有生以來，第一次有了想畫的東西。我想畫出您的靈魂，於是埋首揮毫，便畫出了這幅畫。」

「我的靈魂……」

「是的……您喜歡嗎？」

「嗯，非常喜歡。」

「太好了！」年輕人露出笑容。

「這麼一來，我就能毫無顧忌的離開畫室了。」

「你不學畫了？可是，你的畫很美呀！」

「是的，我不當畫家了。畢竟，我再也沒有想畫的東西了。」

年輕人爽朗的說完，筆直望著艾蜜莉亞，從他的眼中，艾蜜莉亞感受到無限溫暖的善意與真誠。

「艾蜜莉亞小姐，請您保重，衷心祝福您過得幸福。」

語畢，年輕人從露臺跳下去，消失在黑暗中。

艾蜜莉亞獨留在房內，重新仔細端詳畫像。光是看著那幅畫，就令她心潮澎湃，彷彿自己進入了畫中世界，騎著獅子遨遊天際。

她突然明白，若這就是我的靈魂，那麼無論結婚或遇到任何困難，我都能撐下去。

「謝謝你。」

艾蜜莉亞對著這位無名的年輕人，衷心致上謝意。

某座大型美術館，有一幅特別引人注目的知名畫作。

傳聞這幅畫出自於幾百年前的西班牙，以當時無法想像的摩登畫風，畫出一名騎著獅子飛翔的少女。

少女那張神采奕奕的臉龐，以及生氣蓬勃的藍色眼眸，處處充滿著能量。真難以相信，這竟然是幾百年前的作品。

如此扣人心弦的畫作，卻沒有人知道誰是創作者，上面也沒有署名。不過，據說某位西班牙貴族的夫人，畢生都珍愛著這幅作品，而那位貴婦，將這幅畫取名為《我的幸福》。

青金石

青金石的英文為Lapis Lazuli，其中的「Lazuli」，語源來自於波斯語的「深藍色」，而「Lapis」在拉丁語中則代表石頭，組合起來的意思就是「深藍色石頭」。這種美麗的深藍色令人聯想起天空，人們認為它能帶來幸福，廣受人們喜愛。同時，它也是人們愛用的顏料，由青金石所做出來的顏色稱為「群青色」，亦即「超越大海的顏色」。在日本也稱其為琉璃。

寶石語是「真實」和「健康」。

琥珀

封印黑暗的漂流物

愛爾蘭的丁格爾半島，其海灘十分美麗。輕盈的浪花拍打在白色沙灘上，海水清澈柔美，連海浪聲都相當輕柔。

住在海濱小村的少女伊娃最喜歡這片海灘，幾乎天天到海邊玩，而她的同齡表哥羅南也總是與她同行，兩人情同兄妹。

某個秋日，伊娃和羅南也照例去海邊玩。他們打著赤腳踩在白色沙灘上，並開始找貝殼。

被打上岸的貝殼跟漂亮的小石頭，是小孩們心目中的寶物。兩天前有一場暴風雨，因此海邊的漂流物比往常豐富許多。

正當兩人埋首撿貝殼時，伊娃發現岸邊的水面上，有個東西

閃耀著金色光芒。

她在意得不得了，於是撩起裙襬，「刷啦、刷啦」的走進海裡，把它撿起來。

那是個非常漂亮、奇妙的東西。它的大小跟鵝蛋差不多，形狀也跟蛋一樣渾圓。它像玻璃般清澈透明，顏色則像融化的糖果。裡面混雜著金色、黃色與橘色小碎片，因此看起來閃閃發亮。

伊娃開始心跳加速，細看觀察想知道這是什麼東西。它看起來不像石頭，也不像玻璃，明明如此巨大，卻又輕得像小樹枝，難怪會漂浮在水面上。

伊娃只確定一件事，她找到不得了的東西了！

她開心的高聲歡笑，將它舉起來對著陽光。

隨著光線的不同，它也會不斷變換顏色：一會兒是鮮黃色，一會兒是深茶色，一會兒又變成暗朱色。不僅如此，定睛一看，裡頭竟有團黑影，彷彿有什麼東西正蜷縮、沉睡著。

伊娃正想看得更仔細時，羅南跑過來了。

「伊娃，不要待在水裡，會感冒的。」

「啊，羅南！你看你看！我找到很厲害的東西！」

伊娃向羅南秀出自己找到的寶物。

羅南睜大雙眼，接著略顯冷漠的說道：「妳在哪裡找到的？」

「就是這裡！很棒吧？很漂亮吧？而且它好輕，它肯定不是石頭，搞不好是太陽的蛋呢！哇，太棒了！你說說看，你覺得是什麼？」

「誰知道。反正一定不是什麼了不起的東西。」

什麼態度嘛！伊娃白了羅南一眼，卻猛然驚覺，羅南眼底有一團妒火，羅南本來就很喜歡石頭跟碎骨之類的東西，說不定，他其實很羨慕吧！

於是，伊娃溫柔的對羅南說：「羅南，我們再去找找看嘛！

說不定能找到一樣的東西呀，好不好？」

「嗯……」

接著，兩人雙眼圓睜，尋找糖果色的物體。但是無論怎麼找，就是找不到類似的東西。

找著找著，太陽都快下山了。

伊娃有些悄聲的對羅南說：「羅南，差不多該回家了，明天再一起來找吧！反正天黑也不好找，而且要是太晚才到家，我媽和你媽都會罵人的。」

羅南悶不吭聲，逕自穿上鞋子，跑向通往村莊的小徑。

獨留在海灘的伊娃咬起下唇，從裙子的口袋裡掏出了「太陽蛋」，她已經決定如此稱呼它了。

太陽蛋在夕陽的紅光照射下，看起來彷彿是一團熊熊烈火。

伊娃輕輕撫摸太陽蛋，它好溫暖，摸起來好舒服。

雖然伊娃很喜歡羅南，但這東西不能讓給他。

這可是她找到的！是她的寶物！

伊娃緊緊握住太陽蛋，回到家裡，她也決定不讓家人看見太陽蛋，萬一他們也想要，那該怎麼辦才好？不過，守密很困難，好不容易得到厲害的東西，怎麼能不拿出來炫耀呢？

吃完晚餐後，伊娃走去找奶奶，伊娃的奶奶是村子裡最年長的人，儘管眼睛已看不見，牙齒也只剩四顆，但腦袋還是很靈光，而且通情達理、博學多聞。

告訴奶奶太陽蛋的事情，應該沒關係吧？

於是，伊娃在奶奶耳邊悄悄說道。

「奶奶，您想知道一個祕密嗎？」

「這個嘛……好呀。」

「告訴您，我找到一個好漂亮的東西呢！」

如此這般，伊娃將寶物的來龍去脈說了一遍。

「哦？妳說它很輕，而且像顆蛋？」

「嗯，而且，它的顏色好奇妙，平常是糖果色，但是一照到光，就會變成黃色、金色或紅色。還有呀，將它握在手裡，會變得暖暖的。」

「我知道了，那一定是琥珀。」

「琥珀？」

「對！松脂經過很長很長的歲月，就會變成石頭，人稱琥珀。通常它們在土裡沉眠，不過，如果山的表面被海浪長久沖刷、侵蝕，琥珀可能會被帶向大海，漂流到各個國家。」

「松脂變成的石頭？既然是石頭，那就算是寶石了？它是寶石嗎？」

「是呀，它的價值跟寶石差不多，貴族和有錢人也可能會想高價買下呢！」

伊娃見奶奶點頭，差點開心的跳起來。瞧它美得跟寶石一樣，

1 樹脂是指由損傷樹皮漏出的液體，多產於松、柏類等木質。其易於揮發的部分失去後，即成透明固體，質地堅硬，加熱則軟化，可用於製作油漆等用途。松脂則專指松科植物或其他同屬植物的樹脂油。

想不到真的是寶石呀！

「太棒了、太棒了！明天我要再去海邊，說不定還能找到琥珀呢！要是我找到一堆琥珀，就要賣掉它們，讓家裡變有錢！奶奶，到時我也會買好東西送給您！」

「哎呀呀，瞧妳變成小貪心鬼了。不過，很遺憾，琥珀可不常漂到岸邊。」

「才不會，只要每天仔細找，一定能找到的。啊……不過，今天找到的琥珀不賣，我要把它當成自己的寶物。唉，該怎麼辦呢？要是找到一大堆琥珀，我該拿來做什麼才好呀？」

此時，奶奶突然扳起臉孔，嚴肅的對著興奮的伊娃說：

「妳可得小心一點。有一些琥珀會封印著不好的東西。妳撿到的琥珀乾淨嗎？裡面有沒有黑斑或是蟲子之類的東西？」

「咦？」

伊娃暗吃一驚，但旋即開朗的答道：

「沒有呀！它很乾淨，清澈透明。」

「那就好，要是撿到不乾淨的琥珀，最好趕快丟掉。否則，肯定會帶來厄運。」

「嗯，放心吧，我的沒有事。而且，如果我看到那種琥珀，一定會把它丟到海裡，不會帶回家的。」

連伊娃自己都感到訝異，她居然能臉不紅氣不喘的對奶奶說謊。不過，她催眠自己：「也沒辦法呀，誰教那顆琥珀已經變成我的寶物了。」

之後，伊娃回到自己的房間，盡情欣賞琥珀，享受那光滑的觸感。越是撫摸，伊娃越是喜歡那股觸感，越來越喜歡這顆琥珀。就算之後找到更大顆的琥珀，也無法取代它在自己心中的地位。

睡覺時間到了，伊娃將藏在床下的小盒子拖出來。裡面有綠色羽毛、七彩貝殼、在森林裡撿到的野豬牙齒，還有羅南給她的黑曜石碎片。

此時，伊娃想起羅南，不禁感到一陣心痛。

「放心吧，羅南。我會幫你找到新的琥珀！」如此一來，兩人就能和好如初了吧？

伊娃將琥珀放在小盒子裡，滿懷幸福的睡去。

隔天一早，伊娃就匆匆出門，前往海灘。她決定將琥珀放在口袋裡，因為她不想跟琥珀分開。

伊娃滿心想著自己應該是第一個到海灘的，想不到羅南已經先到了。

她訝異歸訝異，還是想衝過去找羅南，然而……

羅南一見到伊娃，頓時拉長了臉，一溜煙跑走。看來羅南還在記恨，他暫時是不想跟伊娃說話了。

伊娃生氣了。

真是個討厭鬼。我看他刻意比我還早來海邊，只是想搶先找到琥珀，然後據為己有吧？哼，我真傻，居然想幫那種人找琥珀。就算我接下來找到琥珀，也絕對不給羅南！

伊娃下定決心後，徑直走向岸邊。她聚精會神，繼續在海灘上尋找琥珀。直到快中午了，她還是沒找到。

伊娃決定先回家吃午餐，當她在家裡吃著麵包跟起司時，忽然有人敲門。來者是羅南的媽媽——艾諾拉阿姨。

艾諾拉阿姨一見到伊娃，便歪著頭說道：

「奇怪，羅南呢？妳沒有跟羅南一起玩嗎？」

「咦？」

「剛才，我拜託羅南幫我採香菇，我還以為他跟妳一起去森林了。」

「呃……我們有點小爭吵……」

「唉呀，真是的。那麼，那孩子自己去了森林？」

阿姨看起來有點擔心。伊娃也稍微擔心了起來，接著又對自己生氣，何必那麼在意羅南，難道是吃飽太閒嗎？

她對阿姨擠出笑臉說：「阿姨，放心吧。那座森林跟羅南的院子沒兩樣，他一定很快就會帶著一籮筐的香菇回來。」

「說的也是。」阿姨也笑逐顏開，走向奶奶的房間。

伊娃從窗戶望向森林，羅南就在那裡，若是平常的他，一定會邀伊娃一起去森林，如今他居然一個人去了。

「羅南那種人，最好遇到妖精，然後做惡夢！不然至少也要在森林裡迷路一下！」伊娃一邊咒罵，一邊把剩下的麵包吃完。

然而，不好的話語，會招來不好的事情。

當天直到月亮升起，羅南都沒有回來。

村裡鬧成一團，大人們拿著火把與油燈去森林找人。伊娃也想跟去，但大人嫌她礙手礙腳，要她留在家裡。

「都怪我太貪心！甚至還詛咒羅南！」伊娃抱著奶奶大哭，她覺得都是自己的錯，感到後悔極了。

接近半夜時，村裡突然變得鬧烘烘的，原來是所有大人都從森林裡回來了。緊抱著奶奶熬夜等待的伊娃，也趕緊奪門而出，

衝向人群。

只見艾諾拉阿姨將羅南抱在懷裡，而羅南臉色蒼白，虛弱的閉著眼睛。他的額頭還有血跡。

「啊——」伊娃大聲尖叫。

「沒事啦，他只是昏倒而已。」某個人說道。

「羅、羅南！」

「就說他沒事了，伊娃，妳冷靜點，他好像是跌倒撞到頭，傷勢沒那麼嚴重。」

「羅南、羅南！」伊娃仍慌張的呼喚羅南。

「不行。喂，來個人把這孩子帶回家。」

伊娃就這麼被強行抱走，回到自己家。

之後的事情，她沒什麼印象，待她回過神的時候，已經早上了。驚醒過來的伊娃，馬上直奔羅南家。

羅南躺在床上，他的臉色還是很蒼白，但眼睛已經睜開了。

「羅南！」

伊娃衝到床邊一看，猛然一愣。

羅南正看著伊娃，但他的眼神清澈而空洞，讓伊娃想起被獵殺的鹿。死掉的鹿，眼眸也是如此清澈而空洞……

她感到不寒而慄，仍輕聲向他搭話。

「羅南，你沒事吧？傷口痛不痛？」

「我很擔心你，幸好你平安無事。怎麼了？發生了什麼事？」

無論對羅南說什麼，他都不發一語，只是靜靜望著伊娃，這使伊娃感到忐忑不安，此時，艾諾拉阿姨恰好從後面走過來。

「阿姨，羅南怎麼了？為什麼他悶不吭聲？」

「醫生說，應該是頭部受到強烈撞擊的關係。暫時觀察看看，如果過了好幾天都沒有恢復，最好帶他去大城鎮的醫院看診。」

「阿姨……」

「不過，至少他還活著。現在的我，光是這樣就很欣慰了。」

阿姨露出疲憊的笑容，溫柔的撫摸羅南的頭。

伊娃也很想跟阿姨一樣知足。羅南平安無事，他還活著，如果這樣還不滿意，會遭天譴的。不過，羅南那空洞的眼神實在很詭異，令伊娃心神不寧，光是待在這兒，就覺得怪可怕的。

阿姨卻毫不在意，她稍微離開片刻後，端了一碗濃湯回來。

「來，羅南，你肚子餓了吧？你得吃點東西才行，吃東西才有力氣。這是你最喜歡的馬鈴薯濃湯呢！」

羅南看到濃湯，忽然眼神一變，將碗一把搶過，埋頭猛吃。

「唔！喔、嘎、喔喔喔！」羅南一邊呻吟，一邊喝湯。

這詭異的吃相，令伊娃渾身顫抖，這絕對不是羅南！

伊娃好想大叫，卻辦不到，因為，阿姨望著羅南這個樣子，居然還笑得出來。

「你這孩子真是的，肚子這麼餓呀？我馬上再幫你盛一碗。沒關係，你慢慢吃、儘管吃。」

聽到這席話，伊娃什麼話都說不出口了。

她匆匆返家，即使回到家裡，依然餘悸猶存。

伊娃腦中驟然閃過以前聽過的童話故事……

那則故事中，山中妖精會把獨自進入森林裡的小孩子擄走，為了不讓小孩的家人感到寂寞，妖精會留下一個冒牌貨——一個與原本孩子長得一模一樣的傀儡。

對，沒錯！這一定是壞妖精做的好事！妖精把羅南擄走，送回了冒牌貨。

伊娃正想將此事告訴大家，卻想起另一件重要的事——那就是妖精的魔法，必須由發現此事的人獨自破解。若是告訴其他人、或是向別人求救，將會永遠失去重要的人，這就是規則。

「怎麼辦？要不要若無其事的問問學識淵博的奶奶，該怎麼打倒妖精？可是，萬一害羅南回不來怎麼辦？還是靠自己好了。首先，來想想該怎麼處理冒牌貨。要用毒香菇毒死？還是用咒語加持的護身符或大蒜護身符砸他？」伊娃抱頭苦思。

想著想著，天已經黑了。

當晚，伊娃輾轉反側，實在無法好好熟睡。她一會兒疲累得快睡著、一會兒驚醒過來，反覆幾次之後，心頭覺得越來越奇怪。

不知不覺中，伊娃竟然從天花板俯視著房間，她能看見在床上睡覺的自己，也清楚看到房間中熄掉的油燈與椅子。

「好奇怪的夢呀！」伊娃心想。

此時，窗戶突然打開，伊娃一看，差點發出慘叫。

羅南從敞開的窗戶探出頭來，此時的他與白天大不相同，眼睛像夜晚的貓眼一樣發光。他很快的溜進房間，並趴在地上爬行、四處聞味道。那副模樣，像極了野獸。

緊接著，羅南靜悄悄的靠近伊娃的床鋪。

「快醒來！這是夢！所以快睜開眼睛呀！」伊娃拚命想要清醒來，卻怎麼也起不來。

而羅南終於來到床鋪旁，無視躺在床上的伊娃，直接鑽進了床底下，拿出那個寶物盒。

伊娃恍然大悟，羅南的目標是琥珀，他是溜進來偷琥珀的。

羅南絲毫不知道伊娃正目睹這一切，只見他打開小盒子，然後驟然停止動作。過了半晌，羅南悄悄將小盒子放在地上，往後退去。一副似乎害怕著什麼的樣子。

伊娃一頭霧水，為什麼不拿走琥珀？羅南不是想要嗎？

說時遲，那時快，羅南猛然抬起頭，直直盯著天花板的伊娃。

他的眼睛裡，彷彿燃燒著藍綠色的鬼火。

接著，羅南張開嘴巴，發出與他似像非像、又如女性甜美嗓音般的說話聲：

「滿月之夜，把我要的東西拿來妖精山丘。只要妳照辦，我就把這小孩還給妳。」

語畢，那個偽裝成羅南的東西，便從窗戶溜走了。

伊娃醒來時，已經天亮了。

她揉揉眼睛起身，赫然發現原本藏在床底下的小盒子，竟然被翻出來，放在房間地板上。

看到小盒子，伊娃頓時想起那場夢……不，那並不是夢，羅南真的來過這房間，從床底下被拖出來的小盒子就是證據。

伊娃戰戰兢兢的端詳小盒子，琥珀還在，其他寶物也都在原位。她納悶的拿出琥珀，這才發現琥珀下面有一把銀色小剪刀。

「對了，奶奶說過，妖精討厭剪刀，銀可以驅趕魔物。」

看來，盒子裡的剪刀，意外的變成驅魔護身符了。伊娃決定將這把剪刀帶在身上，當成護身符。

此時，外頭忽然鬧烘烘的，像是有人在大叫。伊娃趕緊開窗，探出身子查看。

艾諾拉阿姨四處跑來跑去，大喊著：「羅南！你在哪裡！天啊，有沒有人見到羅南？羅南！」

伊娃瞬間就明白發生了什麼事。羅南又不見了，而且這次無法把他找回來，因為他已經被妖精抓走了。

她腦中驀地浮現昨晚的入侵者說過的話。

「滿月之夜，把我要的東西拿來妖精山丘。只要妳照辦，我就把這小孩還給妳。」

伊娃低頭注視著手中的琥珀，那塊如太陽般美麗的琥珀……

從這裡徒步一小時左右，有一片荒野，荒野中有一座山丘，山丘上羅列著一些黑色石頭，排列的方式相當怪異。據說從很久以前起，妖精跟小惡魔就喜歡在那裡夜夜跳舞。

今晚就是滿月之夜。今晚，一定要把羅南搶回來！

伊娃下定決心，握緊手中的琥珀。

當晚，伊娃偷偷溜出家門，前往妖精山丘。她將琥珀藏在口袋裡，右手提著油燈，左手緊緊握著銀色剪刀。

「我好害怕，可是，我更怕羅南回不來。我再也不會小氣了。如果能把羅南帶回來，要我交出琥珀我也願意。所以，月之女神啊，請借給我力量，保佑我們吧！」伊娃反覆對頭上的明月祈禱。

走著走著，她已來到了妖精山丘，登頂一看，羅南就在那兒。

不過，伊娃並沒有馬上衝過去，因為他的眼睛閃著藍綠色光芒。

伊娃發著抖，拚命大喊：

「我把琥珀帶來了！快把羅南還給我！」

雜草發出沙沙聲，而且還參雜許多咯咯的笑聲。儘管四周空蕩蕩，伊娃卻感覺到自己被包圍了。不是蟲子，也不是鳥，而是有好幾百雙緊迫盯人的眼睛，正注視著伊娃。

此時，羅南張開嘴巴，用那個女人的聲音說話：

「把琥珀放在那顆黑色石頭上。」

「如果我放了，你就會把羅南還給我嗎？」

無人答腔，而羅南的眼神變得更加凶狠。

沒辦法了，伊娃乖乖將琥珀放在黑色石頭上。

剎那間，風不再吹，雜音止息，現場一片寂靜。

有事情要發生了！伊娃用力握緊她的剪刀護身符。

砰！

琥珀伴隨著轟然巨響裂成兩半。

伊娃看得很清楚，有一道黑影從琥珀竄出，鑽進旁邊的草叢裡。

緊接著，又颳起一陣狂風！

那陣狂風，運載著好幾百種聲音……

「出生了！平安出生了！」

「女王陛下的馬！」

「萬歲！」

「這樣就能成為風了！像風一樣奔馳！」

「奔馳吧！跟上女王！」

「可喜可賀、可喜可賀！」

祭典般喧鬧的歡呼聲，伴隨著強風離去。直到四周恢復靜謐，

伊娃才回過神。那些陰森的氣息與喧騰都不見了，而羅南的眼睛

也不再發亮。

「羅、羅南！」

伊娃衝過去搖晃羅南，他眨了好幾次眼，接著用大夢初醒的眼神望著伊娃。

「伊娃？怎麼了？」

「嗚哇——羅南！羅南！羅南！」

伊娃喜極而泣，這是真正的羅南，是她最重要的表哥，也是最重要的朋友，她終於把他奪回來了！

羅南眨眨眼，望著抱緊自己哭泣的伊娃，不禁疑惑問：

「伊娃……妳在哭什麼呀？還有，這裡是哪裡？為什麼我們這麼晚還在外面？」

「羅南，你什麼都不記得嗎？」

「我只記得……媽媽叫我去採香菇。之後……之後的事情就想不起來了……抱歉，伊娃。」

「為什麼道歉？」怎麼突然道歉？這回換伊娃納悶了。

「因為我太丟人了。我很羨慕妳撿到漂亮的東西，覺得非常心煩，可是我又討厭這樣的自己。所以獨自跑去森林，也是為了好好思考該怎麼跟妳和好……」

「羅南……」

伊娃見羅南羞愧的低下頭，胸口頓時湧起一股暖流。

「啊，對了！」

「咦？怎麼了，伊娃？」

「等我一下。」

伊娃轉向後方，那顆琥珀仍躺在黑色石頭上，在月光下閃閃發亮。伊娃撿起裂成兩半的琥珀，舉起來對著月光，那團黑影已經不見了。

這塊琥珀已不再危險，應該不會再招來厄運了吧？

伊娃心頭一寬，將裂開的半塊琥珀放在羅南手中。

「來，這塊是你的。」

「伊娃？這東西裂了？」

「不是我敲裂的，不過，裂了也好，這樣才能一人一半呀！

羅南，我有好多話想跟你說！回家路上，我再慢慢告訴你。」

伊娃緊緊握住羅南的手，走向村莊。

琥珀

琥珀其實不是礦物，而是遠古植物的樹脂所變成的化石。古代中國人認為它是老虎的靈魂變成的寶石，因此也曾被稱為「虎魄」。有時候，琥珀裡還包著蟲子或植物，那樣的琥珀更為珍貴。畢竟，那裡頭可是封印著好幾萬年的時光，這還不神奇嗎？

它的寶石語是「擁抱」。

黃玉

幸運守護者

從前，斯里蘭卡叫做獅子國，現在要講的就是當時的故事。

有一個年輕廚師叫做伊翔，他在首都的大餐廳工作。

他很勤勞、廚藝也進步神速，師傅也很疼愛他。假以時日，或許伊翔還能繼承這家店呢！

然而，有人對此很不開心，那就是他的師兄們。

「那個小子很礙眼。」

「是啊！如果不把他趕走，搞不好我們就要捲鋪蓋了。」

師兄們交頭接耳，想出了一項陰謀。

幾天後，店裡的錢被偷了。大家一起找錢，沒想到，那筆錢竟然在伊翔的隨身物品裡。當然，這是師兄們做的，但是伊翔和師傅都不知情，而誤會的師傅滿面通紅的對伊翔大吼：

「我再也不想看到你！給我滾出去！」

如此這般，伊翔被趕出餐廳了。

然而，被知道偷錢這種事，絕對不會有餐廳肯僱用他的。

但伊翔身上的錢並不夠自己開一家餐廳，走投無路的他，真不知道該怎麼辦才好。

伊翔垂著頭，意興闌珊的走到人煙稀少的道路，此時……

「那位年輕人，要不要來看看我家的孩子們啊？」

有人忽然叫住伊翔，他下意識轉過頭去，只見一名穿著寒酸的老人坐在地上，前方攤著一塊破布，上頭排滿了漂亮的寶石。繁星般閃耀的寶石立即吸引了伊翔的目光，於是他走過去。星彩藍寶石、瑪瑙、縞瑪瑙、紅寶石、貴橄欖石……

五彩繽紛的寶石，簡直要把伊翔的眼睛染成彩虹了。

他陶醉的注視半晌，但還是回過神來，對寶石商人說：

「老爺爺，你最好不要在這種地方做生意，要是遇上小偷怎麼辦？還是開間店，放在店裡賣比較安全。」

「呵呵，你人真好。我家孩子果然有眼光。」

「你家孩子？」

「是啊，有一顆寶石說想要跟你走。怎麼樣？你知道是哪一顆嗎？如果你猜對，就免費送你。」

「送寶石？免費？你在開我玩笑嗎？」

「我才沒有開玩笑，我認為呢，石頭就應該待在對的人身邊。好了，你仔細看，選選看。」

伊翔再度望向那堆寶石……

裡頭有一顆特別閃亮的藍寶石，是一顆鮮豔的海藍色寶石，而且與蠶豆差不多大，要是能免費得到這顆寶石，賣掉不知道能賺多少錢？換成平常的伊翔，腦中應該會有這樣子的想法。

但是，今天不一樣。

不知道為什麼，他只看上一顆小小的黃玉。

跟其他寶石比起來，那顆黃玉很小，而且也稱不上閃亮，不過，它的顏色很棒，淡淡的黃色，彷彿稀釋的蜂蜜；這柔和而清透的顏色，宛如是一道明亮的陽光，照進自己灰暗的內心。

不知不覺間，伊翔已將黃玉握在手中。

寶石商人笑了：「很好、很棒！選得真好！就它吧！那孩子很適合你。你一定要好好珍惜它，它會為你帶來好運的。」

伊翔猛然回神，寶石商人倏地消失無蹤。原本攤在地上的布、寶石，全都不見了。不過手中的黃玉並沒有消失，伊翔將黃玉舉起仔細端詳。真的能把它據為己有嗎？但事到如今，他也不想把寶石還回去；因為這顆黃玉，已經緊緊抓住伊翔的心了。

「好想永遠擁有它。不管再怎麼缺錢，也不能賣掉它。為此，一定得找到工作，好好工作才行。」

此時，伊翔忽然靈光一閃。

「對了，不需要硬找個地方打工，也不需要開店，乾脆就在市場擺攤。不僅食材垂手可得，更重要的是人潮眾多，只要餵飽市場攤販跟來市場買菜的人就好。啊，賣肉串好了。將大塊的魚或肉用辛香料醃好，做成烤肉串來賣。這東西冷了也好吃，客人一定會喜歡的。總之先做做看吧！」

鼓起了幹勁，伊翔開始準備擺攤。結果，伊翔的計畫大獲成功。他做的烤肉串深受好評，每天都有駱繹不絕的客人前來捧場。

儘管忙得焦頭爛額，伊翔卻很開心，他很高興每天都有客人來吃自己做的烤肉串。

或許，這就是黃玉所帶來的好運。

伊翔將黃玉做成戒指，片刻不離身。

有一天，那名寶石商人忽然現身在伊翔面前。

「好久不見。」寶石商人笑嘻嘻的對伊翔說：「讓我看一下那顆黃玉吧。」

儘管伊翔擔心商人把寶石要回去，還是脫下戒指，交給寶石商人。

寶石商人俐落的檢查戒指上的黃玉，笑容滿面的說：「嗯，顏色很美，而且也很有活力，看得出來你很珍惜這孩子。就是因為這樣，它才會賦予你力量。」

「賦予我力量？這顆黃玉嗎？」

「沒錯。你以為生意這麼好，全都是靠你自己的努力？」

「沒有……」果然是黃玉的功勞啊！伊翔深感認同。

「意思是說……這是一顆魔法石？」

「每顆石頭都具有魔法。」

寶石商人語帶玄機的低語，一邊將戒指還給伊翔：「每顆石頭都蘊含著某種力量，只要能遇上對的人，石頭就能充分發揮自己的力量。每件事都得看緣分嘛！好啦！今後，你也得好好珍惜這顆黃玉呀！」

「啊，請等一下！至少讓我表達一下謝意……」

然而，老人很快就混入人群中，消失無蹤。伊翔心裡覺得毛毛的，那個老人該不會是魔法師吧？

總之，現在總算知道生意興隆的原因了，今後也要更珍惜這顆黃玉才行。伊翔如此下定決心，更加努力的工作。

三年後，伊翔成為市場內小有名氣的有錢人。他已經不用親自下廚，畢竟他有兩家大餐廳，也僱用了好幾位手藝高超的廚師，他現在只需要下命令就好。

地位一高，人脈就開始變廣闊，他現在會參加市場上層人物的聚會，也嚐到了奢華的滋味。

久而久之，他開始在意他人的穿著，大家都穿著綾羅綢緞，手上配戴大顆珠寶，跟那些令人瞠目結舌的奇珍異寶比起來……伊翔的黃玉顯然遜色許多。

某一天，有個年輕富裕男子對他直說：「像你這種身分地位的男人，應該戴更好的戒指才對。那顆窮酸的黃玉是怎麼回事？我看了都替你感到丟臉。」

伊翔一聽，頓時想找個地洞躲起來。一路珍惜至今的黃玉，如今看來簡直微不足道。

「我知道這顆黃玉幫你很多忙，我當然懂。不過，你也只能戴到今天了。如果想賺更多錢，你就得買更好的寶石才行。」

從那天起，伊翔就開始瘋狂買寶石。紅寶石、藍寶石、珍珠、海藍寶石、石榴石、蛋白石……只要夠大顆、顏色夠美，伊翔什麼都買。將那些寶石配戴在身上之後，他覺得自己變得更偉大、更強悍了。而四周的人，也開始對他拍馬屁。

「寶石會賦予我力量。它們會為我帶來好運！」得意忘形的伊翔，更是變本加厲的搜刮寶石。

不料，壞事卻開始接踵而來。

朋友背叛了他，騙走他一大筆錢，而且還在馬路對面開了性質相同的餐廳，跟他打對臺。

一旦運氣不好，人就會心煩氣躁，身體的狀況也跟著變差。伊翔開始耳鳴跟腹痛。不僅如此，連他信任的廚師，都偷偷盜用店裡的錢！

「為什麼倒楣事都落在我頭上！」無法忍耐的伊翔，開始怨天尤人。

總之，他覺得一切都倒楣透了，再這麼下去，餐廳會倒閉的。

伊翔走在路上，一邊想著要不要請人來驅邪，此時忽然驚覺：那個寶石商人就在道路另一側！

他趕緊衝過去，正想對寶石商人開口，卻被對方搶先一步。

老人一看到伊翔現身，便斬釘截鐵的說：「你背叛了我家的孩子，對吧？」

「唔……」

「真糟糕。你渾身都是不好的氣，像是欲望、嫉妒和滿滿的惡意……要是你肯好好珍惜黃玉，它就能保護你不受侵襲了。」

「我很珍惜黃玉呀！你看！我不是將它好好戴在手上嗎？」

「戴是戴了，你的心卻不在它身上。你早就不是它專屬的主人了，我沒說錯吧？旁邊的紅寶石是怎麼回事？那顆珍珠呢？」

「可是，你不是說過嗎？石頭具有力量，所以我才買來一大堆寶石，好增加力量。結果反而接二連三遇到倒楣事！為什麼會這樣呢？如果你知道原因，請告訴我吧！」

面對伊翔的哀求，寶石商人嘆了口氣。

「真是的，你沒仔細聽我說話嗎？我應該說過，石頭具有力量，只要遇上對的人，就能發揮出來。」

「啊……」

「我也說過每件事都得看緣分。石頭跟人類一樣，遇上對的人就能發揮力量，遇上錯的人就會帶來不幸。如果你想依靠石頭的力量，就不應該選昂貴的、選大顆的，而是應該選最適合自己的。就是這麼簡單。身上戴著一大堆不適合自己的寶石，簡直就像在召喚厄運一樣。」

「怎……怎麼會……」

「不僅如此，就我看來，黃玉還鬧著彆扭呢！這也難怪啦！主人拈花惹草，它心情當然不好。」

「那我該怎麼辦呢？」伊翔真的不知道該如何是好。

「自己選啊！」寶石商人沉靜的說道：「回家把你所有的寶石都拿出來，好好選一選。裡頭應該有你真正心動的寶石，真正受它吸引的寶石。用來護身的寶石，一顆就夠了。用你的靈魂，選出那唯一的一顆。」

語畢，賣寶石的老人再度混入人群中，消失無蹤。

當晚，伊翔躲在自己房裡，將所有寶石一一排列出來。

每一顆寶石都很漂亮，每一顆寶石都好閃亮。然而，令他心動的寶石，依然只有一顆……

伊翔悄悄拿起小小的黃玉戒指：

「果然……你就是我的夥伴。從前是我虧待你了。我會賣掉其他寶石，請再度成為我的守護者吧！」

伊翔如此低語，將戒指套入手中。

黃玉

黃玉，也稱為托帕石（Topaz），有無色透明、藍色、桃紅色以及各種顏色。產量豐富，所以稱不上是貴重的寶石，但正因為量多，所以愛好者也不少。尤其是黃色的黃玉，容易使人聯想到太陽，據說可以為黑暗帶來光亮。它的寶石語是「希望」。

翡翠

與山神的約定

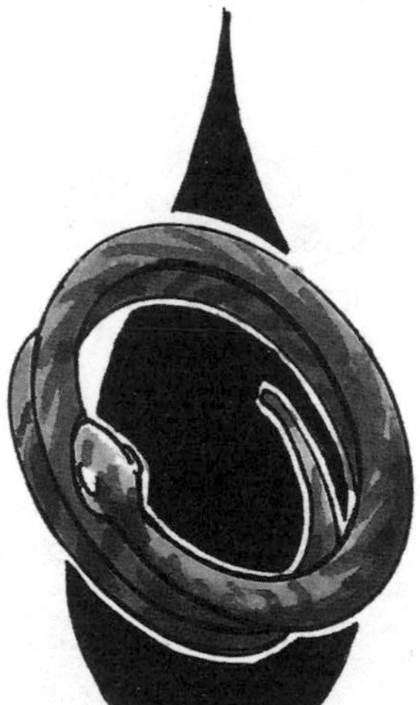

很久以前，中國境內分成好幾個小國，現在要講的，就是當時的故事。

有一個國家叫做玉葉國，玉葉國四面環山，國土雖小但十分富裕，因為山上盛產寶石。其中最有名的就是翡翠。中國很大，但唯有此處的翡翠擁有最鮮豔的綠色，顏色最是美麗。

玉葉國的領主是仙胡一族，人們相信，只要他們統治這國家一天，山上的翡翠就不會斷絕。

而第四十四代的領主，有一個叫做青飛的獨生子。青飛在家人的關愛下成長茁壯，長大之後，他卻開始感到納悶。

當然，青飛知道父母很疼愛自己，不管他想要什麼，父母都一口答應，就算耍任性、惡作劇，父母也笑著原諒他。

不過，有些規定，卻是絕不容許違反。首先，青飛不能離開宅邸。宅邸的圍牆是大人身高的三倍高，青飛連外頭長什麼樣子都不知道。

「外面有很多專門攻擊小孩的壞野獸，不過，只要年滿十七歲，野獸就不會攻擊你，可以放心外出。所以，你就乖乖等到十七歲吧！」

聽父親這麼一說，青飛也點頭同意。

事實上，他並沒有那麼憧憬外面的世界。宅邸裡就夠好玩了，而且也有很多玩具，院子大、有池塘，根本不用擔心沒得玩。然而，另一項規定，青飛就不能接受了。那就是，太陽一下山，他就必須回到自己房間，絕對不准出來。

「你是太陽之子，所以不能碰觸到夜晚的黑暗。乖，晚上你就待在房裡早點睡，睡醒就天亮了。」

說完，母親就將青飛推進沒有窗戶的房間，從門外上鎖。無論他怎麼大吵、哭鬧，都沒有用。

漸漸的，青飛感到越來越不滿。

「晚上一定有什麼特別的活動！他們一定藏著什麼祕密，總有一天，我要揭開那項祕密！」青飛如此下定決心。

到了十歲，他也不能整天玩耍了。為了順利繼承領主的位子，他必須讀書、習武。青飛天資聰穎，學什麼都難不倒他。硬要說的話，比起讀書，他更喜歡學習武術與馬術。

當中，青飛最喜歡教授射箭的年輕人——周玄。

周玄比青飛大上十歲，原本在遙遠的山間村落當獵人，但在十六歲那年離開家鄉。之後，他抵達玉葉國，由於射箭功夫了得，因此成為青飛的其中一名老師。

不只是箭術，周玄還教了青飛許多知識。如何支解獵物、如何生火、如何辨別水能不能喝、如何觀測天氣與風向；除此之外，他也分享了許多外面的見聞。

對青飛而言，周玄就像個值得崇拜的大哥哥。久而久之，青飛變得與他無話不談，什麼心事都會告訴他。

有一天，青飛終於對周玄說：「周玄，下次你能不能在晚上來我房裡，幫助我溜到外面？」

青飛已經十五歲了。再過兩年，他就成年了，屆時不僅能自由外出，父母也會告訴他各種祕密。

但是，他實在無法再等兩年。

每晚都關在房裡，實在悶死了。如今，他已經知道「外頭有一堆專門攻擊小孩的野獸」，只是父母編來騙他的謊話。

就算只有一晚也好，他好想見識看看夜晚的世界。他想看看周玄所說的星空與月夜有多美，好想感受涼爽的晚風，好想聞聞夜晚的花香。如果可以的話，他也想知道父母到底隱瞞了什麼祕密。

周玄見青飛目光炯炯，只好低聲問道：「你是認真的嗎？」

「那還用說。周玄，你應該懂吧？爹、娘都把我當成小孩，他們好像害怕著什麼，卻不肯告訴我原因，只會叫我等到十七歲。但是，我等不了兩年了。」

「周玄，求求你。這種事我只能求你，不能指望其他老師或家僕。我想知道仙胡家的祕密！」

周玄嘆了口氣，嘴角微微上揚：「呼……你願意主動提起這件事，真是太好了。」

「咦？」

「不瞞你說，我原本打算再過一陣子，就要向你提議此事。我想讓你看看，你從未見識過的夜世界，是多麼美麗……你說的沒錯，這個家有祕密。而且那項祕密，你非知道不可。」

「我非知道不可？」

「是的。今晚我會來接你，請你不要就寢，務必保持清醒。然後，再換上黑色衣服，比較不醒目。」

「可是，門上的鎖……」

「少主，我前陣子已打好房間的備份鑰匙，放心吧！」

青飛覺得有點詭異。看來，周玄早就打算帶走他，到底是什麼事情，自己非知道不可？

反正事到如今，也沒有退路了。青飛望著周玄，堅定頷首。

「好，今晚我會等你的。」

兩人就此立下約定。

當天傍晚，青飛若無其事的回到自己房間，父母早就笑盈盈的在房裡等他了。一家三口在這裡吃晚餐，也是每天的規定之一。

菜餚一一上桌，兩老也對青飛頻頻關心提問，像是：「讀書讀得如何呀？」、「身體的狀況怎麼樣呀？」

「最近天氣開始變冷了，小心別著涼。」

「是的，娘。」

「對了，箭術老師對你讚譽有加，看來你資質不錯。」

「不，爹，我還差得遠呢！目前為止，我可是一次都沒贏過老師。」

吃完豐盛的晚餐後，兩老站起來說聲「晚安」，接著離開房間，將門關上。咔鏘！門的另一側傳來上鎖聲。

兩人走遠後，青飛旋即動身。他照著周玄的吩咐換上黑衣，也換上不容易發出腳步聲的柔軟鹿皮鞋。

一切就緒後，他開始等待。

不知等了多久，咔鏘！

外頭忽然傳來金屬摩擦聲，嚇得青飛彈起來。

剛剛那一定是開鎖的聲響。

原本鎖上的門，就這麼緩緩開啟。同樣穿著黑衣的周玄探出頭來，默默朝他招手。青飛懷著忐忑不安的心情，跟著周玄來到宅邸的中庭。

夜空掛著一輪明月，在月光的照射下，草木益發翠綠。青飛不禁讚嘆，夜晚的美麗是與白天如此不同、如此神祕。

此時，忽然傳來輕盈的腳步聲。有人來了。

周玄趕緊將愣住的青飛拉進旁邊的草叢裡。他們屏住氣息，靜觀其變，不久出現一個白色人影。

那是一名少女，年紀似乎與青飛相仿。她穿著一身白衣，肌膚也白皙無比，幾乎與白衣一樣白。由於皮膚實在太白了，青飛還差點以為她是鬼呢！

總之，她是一個陌生少女。是新來的婢女嗎？不，那身穿著太奢華了。瞧瞧她的手腕與耳朵，都戴著美麗的翡翠飾品。不過，如果是客人，父母一定會介紹給青飛認識，而且她步履穩健的穿越庭院，似乎已經來過這兒很多次了。

她到底是誰？這名謎樣的少女，令青飛一頭霧水。

此時，周玄低語緩緩道來：

「那是我妹妹。十五年前，我妹妹在家裡被人偷走了。」

「被偷走？」

青飛雙眼圓睜，此時忽然聽見熟悉的嗓音。

「翠蓮，妳過來。」

那是青飛母親的聲音。趕緊朝聲音的來源一看，果然是母親。

她臉上沒有表情，拿著一盞小小的油燈，站在宅邸的外廊。至於少女，表情則亦悲亦苦。即使如此，她還是像隻順從的小狗，走向青飛的母親。

「來了，娘。」

「好。今晚是滿月，必須向山神請安才行。」

少女的表情變得更悲傷了，不過，她還是默默跟著青飛的母親往前走。

「我們跟上去。」周玄對青飛悄聲說。

他們兩人，就這麼悄悄跟在青飛母親及奇妙的少女後頭。

她們走進宅邸北方的小型石造建築內，那裡是祭拜山神的地方，從小到大，大人都告訴青飛那兒只有領主才能進去。然而，她們倆卻毫不猶豫走進去了。

難道大人說的都是假的？青飛一陣錯愕，靠近建築物窺探。

裡面很窄，只能容納三個大人躺下。盡頭的牆上鑲嵌一條很大的綠蛇，每一塊鱗片都是美麗的翡翠，而一雙紅眼則是巨大的紅寶石。

此時，青飛的母親伸手朝蛇眼一按，機關頓時動了起來，地板向下陷落，冒出通往地下的石階。

「來，走吧。」

「是的，娘。」

青飛的母親與少女牽著手，走下石階。

兩人一走遠，青飛與周玄也進入屋內，往石階底下一瞧，哇！

看起來很深。青飛不禁驚嘆：「我從來不知道有隱藏樓梯！」

「關於這座宅邸，你不知道的還多著呢！來，我們走。」

青飛跟著周玄走下石階，走著走著，看見了燈火。

兩人又繼續靠近燈火走著，那裡有一塊空蕩蕩的空間，四面的岩壁都裝設著燈火。裡面有一小座圓形湧泉。泉水很清澈，但是感覺深不可測，若是注視著它，說不定靈魂會被吸進去。

少女佇立在泉水前，她捲起袖子，將右手手腕伸在泉水上方。那白皙的手臂傷痕累累，有些是舊傷，有些是新的傷口。

為什麼會這樣呢？

青飛正納悶，卻被下一幕嚇得暗吃一驚。

青飛的母親走向少女，而她的手中，竟握著一把翡翠匕首！

青飛臉色慘白，母親將匕首抵著少女的手腕，用力劃一刀。

雪白的肌膚皮開肉綻，鮮紅的血液汩汩流出，滴在泉水裡。

少女不發一語，連叫也不叫一聲，看來，她似乎已習慣了。

青飛氣得失去理智，差點就要衝出去，幸好被周玄及時制止。

「還不行，時候未到。」

經周玄一說，青飛才恢復理智。然而，他依然滿腹怒火。

一定要救那個可憐的少女才行！

青飛在心底發誓，接著繼續觀察母親與少女。

母親終於點頭了，「今晚就到這兒吧！」

母親俐落的為少女的傷口上藥，纏上新布。處理妥當後，她對少女粲然一笑：「真是辛苦妳了，翠蓮。」

「是，這也是為了青飛哥哥好。」

「沒錯。此外，這也是為了仙胡家，以及玉葉國的人民。翠蓮，妳真乖，真是個好孩子。給妳點心當獎勵吧？還是說，妳想要新鞋？送妳銀色跟綠色的美麗繡花鞋如何？」

「不……我沒有想要什麼。對了，今天我能不能醒到早上呢？我想看看太陽。」

「不行呀，妳是夜之子。我不是說過很多次了，太陽的光線會戕害夜之子嗎？」

「對不起……那麼，我想見青飛哥哥一面，能不能至少讓我看看他的睡臉呢？」

「不行，請妳再等兩年吧，再過兩年，妳就成年了，屆時就能跟青飛見面了。」

母親那告誡的語氣，與叮囑青飛「晚上絕對不能離開房門」的樣子一模一樣。

青飛感到頭暈目眩，此時周玄拉了拉他的袖子。

「差不多該走了，我們要比她們先離開這裡才行。」

兩人躡手躡腳的穿越地下暗道，閃避重重守衛，沿著石階爬回地面，然後迅速走過中庭，整個過程兩人不發一語，直到回到青飛的房間，關上門後，青飛這才喃喃問道：

「到底是怎麼回事？那女孩……她是我妹妹嗎？」

「不，她是我的親妹妹。」

「可是，她叫我青飛哥哥……」

「她從小就這麼被告知，畢竟她才出生十四天，就被仙胡家偷走了。不過，她跟你沒有血緣關係。她的哥哥是我，不是你。」

說到此處，周玄惡狠狠的瞪著青飛。

莫可奈何的青飛，又咕噥著：「周玄，為什麼……仙胡家要從你家偷走那女孩呢？」

「因為……誰讓她湊巧跟你同日同時生呢？接下來，我會把仙胡家的祕密，一五一十告訴你。」

周玄開始娓娓道出一個古老的故事……

從前從前，有一個貧窮國家的領主，跟山神做了交易。只要能換取山上的珍寶，無論山神想要什麼，領主都願意雙手奉上。

山神答應了這項提議，牠放任領主大量開採山上的翡翠跟寶石，條件是要交出活祭品——領主必須獻出一個小孩。

小孩一生下來，就是山神的了。領主必須好好養育他，不時獻出孩子的鮮血，好讓山神知道孩子確實平安成長。然後等到長得夠大，等到小孩變成大人，就必須獻出心臟。

為了財富，領主答應了這殘酷的條件。從那天起，領主世世代代都將最小的孩子獻出去，成為活祭品。

然而，有些領主實在不大生得出孩子，好不容易生下繼承人，怎麼能送去當祭品呢？

因此，第十二任領主想出了欺騙山神的方法，那就是找孩子的替身。

找出一個跟自家孩子同日同時生的小孩，養在宅邸裡。讓他跟親生孩子吃一樣的東西、一樣愛他，然後向山神一點一滴獻出他的血。陽光會照出真相，所以只能讓那孩子在掩蓋一切的黑夜外出。

山神不疑有他，接受了領主所塑造的活祭之子。

領主很高興，這下子，就能保住自己的孩子了！從今往後，領主便以這樣的方式欺騙山神，繼續得到榮華富貴……

聽完周玄這席話，青飛渾身震顫，他知道自己肯定氣色慘白。

「那些領主們……就是仙胡家的祖先吧？」

「是的。我是向那位掌管書庫的爺爺問來的。我將罌粟果的汁液摻進酒裡給他喝，好不容易才問出來。畢竟他是個頑固的忠僕，口風緊得很。」

「嗚……」青飛一陣反胃，蹲了下去。

我知道了一件多麼可怕的事啊！

要是能永遠不知道，那該有多麼幸福！想不到自己的族人，竟長久進行這種奇怪的交易。而且，還有人必須代替我犧牲？

青飛眼泛淚光的望著周玄：「那女孩真的是你妹妹？」

「是的，她長得跟家母一模一樣，絕對錯不了！十五年前……那年我十歲，當時妹妹才剛出生，可愛得不得了。不久，一群奇怪的人找上我家，說是有一對富裕的夫妻膝下無子，希望能收養我妹妹。說完，那群人亮出一袋裝滿翡翠的袋子。」

然而，當時周玄一家人拒絕了，因為對他們全家來說，小孩是無價之寶。

「不過，他們並沒有死心。他們先假裝放棄，暫且告退，卻半夜闖入我家。直到我們一早醒來，才發現妹妹已經不見，現場留了一袋翡翠。我在心中暗自發誓，一定要找到妹妹。」

僅存的線索，只有那一袋翡翠，以及男子們衣服上的家徽。家徽的圖案是有些奇怪的蛇纏弦月。

而那個家徽的主人，就是擄走妹妹的幕後黑手。

周玄十六歲那年，父母死於傳染病。既然兩老已不在，周玄便動身尋找妹妹。在外遊歷四年，他終於抵達玉葉國。

「當我在玉葉國見到仙胡家的家徽時，不禁渾身顫抖。終於讓我找到了！可是，這座宅邸實在太大，不管是正面硬闖或是私下潛入，都絕非易事。因此，我決定混入這個家，擔任少主的射箭老師。」

「然後……你找過令妹了嗎？」

「是的。因為夫人下令晚上不得接近中庭，我一聽就知道不對勁。因此，我趁夜偷偷溜出房間，監視整座院子，於是看到了那孩子。那孩子……想必從來沒晒過太陽吧！看到她那異常蒼白的皮膚，我不禁淚流滿面。」

不過，周玄見到妹妹之後並沒有馬上行動。他憑藉著獵人的強大耐心，持續了解妹妹的情況。

「若是她在這宅邸過得幸福，其實維持現狀也沒什麼不好，因為我不想破壞她的幸福。但事實並非如此。我馬上就知道發生了什麼事，我妹妹，是被養來做活祭品的！

「剛才那座地下泉，那泉水通向山神所居住的山；每到滿月之夜，仙胡家的人就會將舍妹的血獻給泉水，好讓山神知道：『仙胡家一直遵守著約定，所以也請山神繼續保佑盛產翡翠』。」

說到此處，周玄的眼中黯然燃燒著烈火，身體氣得直發抖。

這也難怪，因為就連青飛自己也憤怒得不得了。

不過，他心中的情緒不只生氣，還混雜著羞恥與無奈。跟山神交易？居然相信那種東西，家族連續獻祭好幾個世代？寧願做到這種地步，也想要金銀財寶？真丟臉！真可悲！

青飛臉色蒼白的望向周玄。明明想說些什麼，卻一個字都說不出口，只能流下豆大的淚珠。而周玄望著青飛哭泣，眼神忽然變得溫和。

「其實，我本來打算殺掉你，然後把你的屍體扔到泉水裡。只要你這個獨生子死了，仙胡家就不需要再找替身來獻祭了。」

「不過，看來你什麼都不知道，更重要的是……你是個好孩子。我不想殺你了。可是，我非救妹妹不可，因此，我很慶幸你主動開口說想知道祕密。」

「周玄……」

「少主，我拜託你。我想救妹妹，請助我一臂之力。」

「周玄，那當然。」青飛二話不說就答應了：「山神只是迷信罷了，不信那種東西也活得下去。就算是真的……我也不想讓同樣的悲劇再度發生。只是，爹、娘一定聽不進我的話，不願意中止儀式……周玄，我該怎麼辦呢？」

「一旦翠蓮年滿十七歲，她就必死無疑，屆時，她會被推到泉水裡，送給山神當大餐……要逃就越快越好。」

「也對……那女孩在哪裡？」

「白天她都被關在不見天日的地下室裡……要帶她逃走的話，只能趁晚上了。一到晚上，她就能出來了。」

「好，不如明天晚上就帶她逃走。周玄，我什麼都願意做，什麼事都願意幫忙！」青飛語重心長的說道。

隔天深夜，青飛利用備份鑰匙，再度溜出房間。

宅邸裡一片寂靜，青飛的父母跟家僕們，早就熟睡了。此時，院子微微傳來清脆的歌聲。一定是翠蓮，正在院子玩耍。

一想起翠蓮，青飛便胸口一緊。

可憐的夜之少女、活祭之子……每個滿月之夜，她便被割傷身體、強迫取血，不過，這一切將在今晚畫下句點。

無論如何，都必須救她出來！

歌聲忽然停了。

青飛回過神來，趕緊衝進院子，只見翠蓮倒在周玄懷裡。

「周玄！」

「我怕她大聲嚷嚷，因此暫時讓她睡著了……等到了安全的地方，我再好好向她解釋。現在分秒必爭，我負責背她，那邊的行李就麻煩你了。」

「沒問題。守衛呢？沒有守衛嗎？」

「有兩個，不過，我繞到背後把他們打昏了。來，趁現在，我們快走。」

青飛依言抱起大行囊，然後跟著周玄快步前往馬房。馬房的馬兒都睡著了。平常牠們對人的氣息很敏感，如今，卻不嘶鳴也不跺腳，沉沉熟睡著。

青飛正納悶時，周玄匆匆說道：「我趁著白天，把安眠藥摻進牠們的飼料裡了。不過，有兩隻沒餵安眠藥。好，我先上馬，你稍微幫我扶她一下。」

「嗯，好。」

青飛從周玄手中接過翠蓮，她真是輕盈得令人心疼。袖子撩了起來，青飛看見她傷痕累累的手腕，簡直難過得快掉淚。不過，他還是強忍淚水，現在不是哭泣的時候。

只見周玄俐落的將行囊綁在其中一隻馬身上，接著為另一隻馬裝馬鞍，縱身上馬。

「來，把她交給我。」

「好。」

周玄將妹妹護在懷裡，從馬上俯視青飛。

「那我們走了。你可以……幫我處理善後嗎？」

「沒問題。若真有個萬一，我就算放火燒屋子，也要阻止他們。快逃吧！逃得越遠越好。祝你們幸福。」

「好。啊！對了，我要將這個交給你。」

語畢，周玄將葫蘆與翠蓮的手環遞給青飛。

「葫蘆裡裝著那玩意兒，至於手環，是從翠蓮手上卸下來，它好像是活祭品的標記，我不想把這種東西留在她身邊。」

「好。」青飛接下葫蘆與手環。

周玄誠摯的望著青飛：「少主，真的很謝謝你，你……你是這個家唯一的正人君子。願你平安順遂。」

「周玄，你也保重。」

兩人互相道別後，周玄駕馬走向大門。

然而，青飛並沒有目送他離去。因為，他也有任務在身。

他趕緊回到院子，站在跨越池塘的小橋上，拔開葫蘆的塞子，一股腥臭味撲鼻而來，裡頭全是豬血，青飛灑下豬血，將橋弄得血跡斑斑。

周玄跟青飛想出來的計謀，就是要布置現場，營造有人闖進來殺了翠蓮，並帶走屍體的假象。

若是活祭品逃了，仙胡家一定會追到天涯海角，誓不罷休。不過，要是他們認為翠蓮死了，便不會派人追查。任何人見了這血跡斑斑的現場，勢必都會以為翠蓮已死。

青飛暫時鬆了口氣，回到自己房間。只是，空葫蘆該丟到哪裡才好？他邊想邊快步走著，忽然發覺懷裡有個沉甸甸的東西。

那是周玄交給他的手環，應該是用一大塊翡翠切割做成的。瞧它的綠色多麼美麗，彷彿層層重疊的嫩葉。

不過，手環上纏繞著一條蛇。翠蓮一直戴著這手環。這是個標記，標示著山神的所有物。有多少活祭之子，戴過這個手環？

青飛腦中忽然閃過可怕的念頭。

對了，爹、娘不可能就此罷休，一旦翠蓮死了，他們一定會找來新的活祭之子。然後，同樣的悲劇又會反覆發生。

青飛發覺，光是放走翠蓮是不夠的！

必須切斷災禍的根源才行！

他握緊手環，轉身前往北方的建築物。

隔天一早，仙胡家的當家領主與夫人，被一陣慌張的大叫聲吵醒。那是負責看守活祭之子——翠蓮的守衛們的聲音。

守衛說自己被歹徒打昏，醒來就發現翠蓮已不見人影，接著在池塘上的橋發現大量血跡……夫妻倆聽得臉色蒼白，內心忐忑不安。

他們首先衝向兒子的房間，然而，房間空無一人。

「青飛！青飛！你在哪裡！」

「青飛！喂，快去找！把所有人叫來！把我兒子找出來！」

夫人發狂似的呼喊兒子的名字，而當家則對家僕怒吼，要他們把青飛找出來。不過，整座宅邸都找過了，就是找不到青飛。

接下來，只剩下北方的建築物還沒有找了。

夫妻倆一邊安慰自己「不可能」，一邊走向建築物的地下。

到了泉水邊，兩人倒抽一口氣，愣在原地。

只見青飛的鞋子整齊的排列在泉水前，旁邊放著扯下來的袖子，上頭寫了一些字。

夫人顫抖著撿起袖子，下一秒泣不成聲。

上面用血寫著：

「我要去見山神了。我就是最後的活祭品。」

「哥！哥！這能吃嗎？」小菊飛奔過來。

周玄探頭看了一下妹妹懷裡的東西。

「這是好吃的香菇呢！今晚就來煮香菇湯吧！小菊，真虧妳找得到這個！」

「呵呵呵。」小菊一聽到稱讚，便開心的笑了。

她開朗的笑容宛如朝陽，周玄暗自鬆了一口氣。

幸好現在的她，已沒有從前「翠蓮」的影子了。

兩人逃離仙胡家，已經快一年了。

起初，妹妹完全不相信周玄，成天哭著說想回仙胡家。

「如果我不回去，會給爹娘添麻煩的。要是山神生氣就完了，求求你，讓我回家吧！」

但是，周玄還是耐著性子好好向她解釋：

「小菊，那些人不是妳真正的家人啊！我才是你的親哥哥。」

「不對！我的哥哥是青飛哥哥！還有，我叫做翠蓮！」

「不是的，小菊。妳是在嬰兒時期被擄走的，他們只想拿妳當山神的活祭品！或許妳無法馬上信任我，但請妳了解，我想要保護妳。我不能放妳回那個家，否則只是讓妳繼續受傷罷了。」

無論是逃難期間，或是在深山蓋了小屋居住之後，周玄都不厭其煩的對她說話，無微不至的照顧她。他關心她的身體，保護她不受野獸攻擊；每當看到樹上有好吃的水果，便爬上去摘水果給妹妹吃。

周玄的用心，似乎一點一滴卸下了妹妹的心防。現在她接納小菊這個名字，也開始叫周玄「哥哥」了。原本蒼白的肌膚，也逐漸恢復氣色。

或許還需要一些時間，兩人才能恢復真正的兄妹情，但未來充滿無限希望。

周玄欣慰的握起斧頭，想劈木頭當柴火，卻赫然聽見聲響。

咔沙、咔沙……

腳步聲越來越近，應該不可能是仙胡家的追兵吧？為了以防萬一，周玄還是拿起旁邊的弓箭，吩咐小菊進屋去，而小菊也默默照辦。

周玄擺起射箭的架式，來者也正好現身。

那是一個高大的年輕人，他的穿著破破爛爛、沾滿了污泥，看來在外旅行許久，年輕人的臉也被太陽晒得黝黑，不過，雙眼卻如星斗般炯炯有神。

「少，少主……」周玄驚訝得呆若木雞。

「好久不見了，周玄。」仙胡家的青飛少主露出一口白牙。

「終於追上你們了。我找你們找得好辛苦，竟然足足花了我一年呢……嗯，反正找到了就好。」

「你怎麼來了？」

「我也逃走啦！逃離了仙胡家。」

青飛肅穆的望著周玄，沉默一陣，終於開口說道：「只要少了我這個繼承人，仙胡家就等於絕後，再也不需要活祭品或是替身了。放心吧，大家應該都以為我死了……其實，我本來是真的想死，我想投泉自殺。」

「不過，當我寫好遺書、戴上翡翠手環，正想跳下去時，我突然覺得自己好蠢。如果我做出這種事，豈不是跟仙胡家的祖先沒兩樣嗎？山神的交易是仙胡一族的詛咒，如果想斬斷詛咒，就不應該再犧牲任何一個人才對。所以，我假裝投泉自殺，然後逃離那個家。」

接著，青飛又沉靜的往下說：

「這樣就好，我也很心疼自己的爹、娘，但是一碼歸一碼，他們的所作所為也不可原諒。那個家，應該會一步步走向滅亡。因此，我也不需要這個手環了。」

語畢，青飛從懷裡取出翡翠手環。

「你帶來了？」

「是啊，因為我覺得不能把它留在家裡……雖然我費盡苦心才找到你們，但是，一路上倒是沒遇過麻煩事！沒遇過強盜、沒遇過野獸、沒病沒痛，而且旅途中的每個人都是好心人。我想，這八成是翡翠手環的庇佑。」

「這只翡翠手環？可是，這東西很不吉利吧？」

「可是，翡翠本來就擁有強大的魔力，據說也能拿來當幸運符。只要做的是正確的事，手環就會為我帶來好運。這也證明我離家是正確的選擇，讓我寬心不少。」

「況且，翠蓮戴了它那麼多年，我總覺得只要帶著它，一定就能追上你們。你看，我們不是重逢了嗎？」

周玄見青飛笑得燦爛，只能無奈一笑：

「少主，你也真不簡單。明明不食人間煙火，膽量卻不小！接下來呢？你想好了嗎？」

「不，我一心只想著要見到你們……所以將來的事情，我還沒想過呢！哈哈哈！」青飛煩惱的搔搔臉頰。

這次換周玄大笑了：「哈哈！那就跟我們一起住吧！」

「你不介意嗎？」

「那當然，多個男人來幫忙，再好不過。但是，我以後可不會再當你是少主了，你可要做好心理準備。」

「那還用說。我什麼都願意做！呃……對了，這手環該怎麼辦？我已經不需要它了……」

「我也不需要啊！不如就賣掉吧。當然不能直接賣掉，先把它敲碎，分成幾塊來賣。」

「敲碎之後，還賣得掉嗎？」

「絕對賣得掉，顏色這麼漂亮的翡翠，可不是到處都有呢。

總之明天再想，你先進來見見我妹妹。對了，今天有好喝的湯，她可是找到了香菇呢！」

周玄一邊說著，一邊邀請青飛進屋。

翡翠

翡翠，亦稱為「玉」，顏色有白色、黃色、藍色、黑色等，而其中最有名的就是綠色。翡翠的顏色宛如剛萌生的嫩葉，使人聯想到復甦之力與生命力，因此在中國寶石界擁有特別的地位。人們喜歡將它戴在身上做為護身符，除了看上它美麗的色澤，也是看中翡翠所潛藏的力量。做重大決定或是出外探險時，只要戴上翡翠，據說就能帶來好運。翡翠的寶石語是「健康」、「長壽」。

黑珍珠

烏黑眼眸的謎樣美女

法國首都——巴黎。

這裡的貴族、富豪等上流階級人士，習慣每晚都舉辦舞會或晚宴，度過奢華的夜晚。

這樣的社交圈，也是尋找結婚對象的絕佳場所。父母拉著打扮得光鮮亮麗的兒女在場內走來走去，露出鷹眼般的銳利目光，掃視好對象。

青年安里，早就受夠這樣的社交圈了。

那些對葡萄酒、雪茄、小說與詩句不懂裝懂的紳士們；互相炫耀身上的寶石，笑著談論八卦的貴婦們……

安里最受不了的，就是年輕女孩成群結隊靠過來。他年紀輕輕就繼承父母的遺產，生活過得富裕、自由，而且他的五官端正、家教良好，又是土生土長的巴黎人，可說是一個無可挑剔的結婚對象。

然而，對安里而言，那些靠過來的女孩們都是同一副德性。她們看上的不是安里，而是安里的財產。

安里對此感到厭煩，於是成天把自己關在家裡。

不過，有一天晚上，安里的朋友加洛瓦子爵，硬是把他拖了出來，逼他參加一場宴會。

「子爵，你饒了我吧！我不想參加宴會，也不想去陪伴那些虎視眈眈的小姐們。」

「安里，別這麼說嘛！我保證，你今晚絕對不會無聊！老實跟你說，巴黎來了個不得了的女人呢！」

「不得了的女人？」

「是啊！她是個神祕的貴婦，美得彷彿天仙下凡，口才好又優雅。她現在可是社交圈最受矚目的一朵花，你看了一定也會有興趣。」

「這個世界上，哪有女人能引起我的興趣呀？」

安里嘴上逞強，直到當晚見到了伊格里斯夫派對上的女子，視線便再也離不開她了。

她真的好美。而她的魅力，更勝於外表上的美。

身材纖瘦，卻如貓咪般慵懶嬌媚，舉手投足在在令人驚豔。烏溜溜的秀髮與烏黑的眼眸，搭上那一襲亮麗的黑色洋裝，使她彷彿君臨巴黎的夜之女王。儘管如此，她身上卻沒有任何寶石，只用樸素的銀鍊紮頭髮、裝飾美麗的頸項而已。

總之，這名女子——阿瑪莉耶小姐所散發的強大魅力，已經令安里墜入情網。

只要豎耳傾聽，就會自然而然聽見她的消息。每個巴黎子民，似乎都對阿瑪莉耶小姐有興趣。

她在一個月前來到巴黎，目前住在香榭麗舍大道的一流飯店，白天都待在房裡，到了晚上才外出。她從來不提及自己的出身地或身分，但瞧她精通法語、德語、希臘語與英語，想必是名門貴族之後。然而，不知怎的，她卻不配戴珠寶。

總而言之，她的一切都是謎團。

安里的心，變得越來越火熱。

好想跟她談天！好想與她面對面說話！

安里混入圍繞著她的那群男子之中，陶醉的聽她說話，祈禱她能稍微看自己一眼。不過，情敵實在太多，還來不及邀她跳舞，派對就結束了。

心急如焚的安里，趕緊寫信給阿瑪莉耶小姐，而且還附上一束玫瑰，派人送到飯店。

隔天早上，她回信了。信上用秀麗的字寫著：「你的信讓我很感動。好想見你一面。請於今日下午四點前來飯店。」

接下來的兩個星期，安里每天都去見阿瑪莉耶小姐。

每天的見面時間都是下午四點，而且每次只給半小時。四點半一到，阿瑪莉耶小姐就會笑盈盈的說：「請回吧！」將安里從飯店趕出去。

「你是四點的訪客，五點起還有別的客人。」

阿瑪莉耶小姐迷人的笑容，是多麼令安里神魂顛倒呀！他知道除了自己，還有一大堆人愛慕著她。可是，安里相信，沒有人能比自己更愛阿瑪莉耶小姐。

「無論是日夜，我都不想離開妳。請妳不要見其他男人！」

儘管安里苦苦哀求，阿瑪莉耶小姐依然無動於衷。

對她的愛意與對其他男人的嫉妒，將安里折磨得不成人形，逼得他快發瘋。

「一天只見三十分鐘實在太少，今天我一定要向她求婚！」

安里如此下定決心。就在同一天，阿瑪莉耶小姐寄信給安里，信上寫著：「今天請你在下午一點到。」

他頓時心潮澎湃。這封信跟平常不一樣！難道說，阿瑪莉耶終於願意回應他的心意了嗎？

安里喜出望外，趕緊去找阿瑪莉耶小姐。

然而，她邀請的客人並不只有安里……

一到飯店房間，安里倏地愣住。房間裡竟有四個男人，分別是銀行董事長查理、當紅歌劇歌手里卡德、路易伯爵，以及億萬富豪加布里埃爾。

他們都是社交圈的名人，個個有錢有勢，而且年輕帥氣。

為什麼他們都在這裡？安里心頭七上八下。

不只安里，其他四個人也不大開心，互相瞪著彼此。

阿瑪莉耶小姐一從房間出來，伯爵便率先發難。

「小姐，這究竟是……為什麼這些人也在？我們不是要單獨見面嗎？」

「唉呀，伯爵，您先別著急。」阿瑪莉耶小姐僅僅露出一笑，便安撫了焦躁的男人們。

五名男子安靜下來，阿瑪莉耶小姐這才緩緩開口。

「今天特地邀請各位來此，是為了告訴各位一件重要的事。實不相瞞，我來到巴黎，是為了尋找結婚對象；而隱瞞身分，也是為了找出真正優秀的好對象。在祖國，我擁有人人稱羡的地位與財產，可是，我不希望別人只是看上我的身分地位，否則我寧死不嫁。在場的五位男士都說過，愛的是我整個人，對吧？」

「那當然！」安里率先大喊。「我比任何人都愛妳！」

「要比是嗎？我更愛妳！我對愛神發誓！」

「哼，我看你們光有一張好臉蛋，說起話卻毫無內涵。小姐，我絕對不會讓妳吃苦的。以我的權力與名譽發誓，我一定會讓妳一輩子不愁吃穿。」

「退下！守財奴！唯有身分地位高的人，才能配得上她！」

「我身分地位不高，但是我有很多財產，這是我憑本事賺來的錢。我保證，一定會用這份財富讓妳幸福！」

之後，就是無止盡的爭吵，每個人都高喊自己對阿瑪莉耶的熱愛，嚷嚷著只有自己才能讓她幸福。

「到此為止！」清脆的嗓音劃破空氣，現場頓時鴉雀無聲。阿瑪莉耶小姐昂然而立，宛如氣勢十足的女神。她那烏黑的眼眸，彷彿閃耀的黑色鑽石。

「唉呀，真傷腦筋啊！你們五位都很優秀，而且也很有誠意與熱情，我實在很難選擇。」

「那麼，就用決鬥來決定吧！」

「很好！贏到最後的人，就能得到愛情！」

「不，決鬥根本毫無意義，無論是誰贏誰輸，我都會難過的。」阿瑪莉耶小姐對亢奮的男子們迎頭澆下一盆冷水。

「那麼，該怎麼做，才能贏走妳的芳心呢？」

「就是說啊！該怎麼做，妳才能從我們當中選出好對象？」

「這個嘛……」阿瑪莉耶小姐慢慢的環視男子們一圈。

「巴黎的每個人都覺得納悶，為什麼我不配戴任何寶石呢？我不配戴寶石，是因為自己還不屬於任何人。我早就下定決心，只配戴未來丈夫所贈送的寶石。」

「意思是……」

「因此，請找出最適合我配戴的寶石，我會從各位所贈送的寶石中，挑出最適合我的一顆，並嫁給該名贈與者。如何？」

沒問題！男子們紛紛點頭。每個人心裡都想著，自己一定能找出最適合她的寶石。

「那就這麼說定了！期限是一個月後的下午五點，請在那之前將寶石送到此處。當晚，我會配戴選出來的寶石，出席埃尚侯爵的舞會。只要看了我身上的寶石，各位就能知道我選擇誰了。」

阿瑪莉耶小姐說完，便靜靜閉上雙脣。

安里回家後，開始埋頭苦思……

最先浮現在他腦海的，就是那一群強勁的情敵，他們究竟會準備什麼樣子的寶石呢？

路易伯爵很好猜到，他是名門貴族巴拉迪家的當家，在那個家族，有一枚赫赫有名的祖母綠戒指。

安里曾經看過那戒指，確實來頭不小。戒環全是黃金打造，上頭鑲嵌著將近十克拉的巨大祖母綠，旁邊還圍了一圈小鑽石，這是代代相傳的傳家之寶，路易伯爵肯定會送這枚戒指。

不過，那枚戒指太過巨大，甚至可說是品味極差，放心吧，阿瑪莉耶小姐絕對不可能選它的。

那麼，里卡德呢？他是個帥氣的歌劇歌手，不知用天籟美聲融化了多少女性的心，他還很擅長甜言蜜語，就算只是小石子，也能被他說得跟鑽石一樣璀璨，或許，他會準備價位雖然不高，卻能抓住女人心的小型黃玉耳環吧？

銀行董事長查理是個凡事講求實際的人，既然鑽石是最高級的寶石，他就會選擇鑲嵌著鑽石的頭冠。安里腦中浮現查理獻上璀璨頭冠的模樣，不禁眉頭一皺。

說到最後一位——加布里埃爾，他是個有錢的超級暴發戶，但是，既然他有本事爬到現在的地位，可見眼光一定非常精準。因此，他要不是買下最昂貴的寶石，就是選擇價位不一定高，但品質一流保證的寶石。

安里猛然驚覺，在四名情敵中，最危險的就是加布里埃爾！況且，只要他想買，甚至能買下全巴黎珠寶店的所有商品。再不趕快動身，恐怕就要被他搶先一步了！

安里將支票簿塞進胸前的口袋，再度奪門而出。

巴黎有許多珠寶店，每家店的珠寶都非常華麗耀眼，然而，安里卻遲遲找不到令他心動的寶石。每個都很美，但也僅止於此，沒有任何寶石配得上阿瑪莉耶小姐，根本沒有任何首飾能襯托出阿瑪莉耶小姐的魅力。

心急如焚的安里，聽到了各式各樣的傳言。

銀行董事長查理買下了巴黎的所有鑽石，召集一大堆頂尖的珠寶設計師，要打造一條美麗的項鍊。據說那條項鍊，預計鑲嵌兩百顆鑽石。

億萬富豪加布里埃爾，從俄羅斯貴族手中得到了巨大無比的蛋白石原石，據說想做成手環。若是真的打造完成，將是這世上獨一無二的手環。

歌劇歌手里卡德訂做了髮飾，髮飾上有縞瑪瑙雕成的燕子，以及佛教七寶[2]所做成的勿忘草，看起來可愛極了。

這似乎是里卡德自己設計的。

諸如此類的傳言一直傳進安里耳裡，令他坐立難安。眼看時間一分一秒流逝，心目中那顆最棒的寶石卻遲遲找不到。安里覺得自己落後情敵們一大截，心急得有如熱鍋上的螞蟻。

安里的朋友見他發狂似的四處奔走，便給了他一個建議：

「如果你真的想找奇特的寶石，不妨去拜訪席娃・烏蘭斯基小姐。她是波蘭貴族千金，前陣子特地來巴黎增廣見聞。我記得

---

2 佛教裡認為人間最寶貴的七種寶物。依據不同經文，有不同說法，通常是指金、銀、琉璃、硨磲、瑪瑙、珊瑚、琥珀。

她有一顆非常罕見的寶石，她目前暫住在親戚古托瓦公爵府上，去拜訪她，試試運氣吧？」

於是，安里抱著死馬當活馬醫的心情，動身前往古托瓦公爵的大宅。

他很快就見到席娃小姐，儘管年紀才十九歲，卻有著大人的成熟風範；一雙灰中帶藍的眼眸，銳利如鷹，看來似乎是個堅毅不撓的女子。

她真像冷冽的北風啊！安里一邊想著，一邊恭敬的向她致意，說明自己目前的狀況。

席娃小姐聽完，冷冷一笑。

「這件事我也知情，畢竟，全巴黎都為對此事議論紛紛呢！法國的男士們也真特別，居然想用寶石來爭取女性的愛。該說是浪漫得可以，還是愚蠢到不行？」她的法語帶有一點波蘭腔，但是相當流利，而且嗓音十分悅耳。

大概是因為如此，所以儘管被嘲笑，安里卻一點也不生氣。他認真的向席娃小姐解釋：「說我愚蠢也無妨，我很認真，而且不打算退出這場比賽，其他對手都比我有錢有勢，但是……我實在不想失去喜歡人！席娃小姐，求求妳，請問能不能讓我看看妳收藏的寶石呢？」

席娃小姐看待安里的眼神，似乎有了一點改變。她斂起冷笑，點頭同意。

「好吧！」

語畢，席娃小姐從後面的房間拿出一個小盒子。小盒子裡有個略大的金色三角形胸針，整體是奇妙的鏤空設計，中央有一顆比橡實還大的黑珍珠。

安里倒抽一口氣。幾星期以來，他不知見過多少寶石，卻從未見過如此巨大、光澤的黑珍珠。烏黑的珍珠，卻如此光亮璀璨，好似把星空濃縮成了一顆圓形寶石。

席娃小姐對震懾不已的安里說：

「據說，這是古時候的摩亞王送給我們祖先的禮物，他說：『如果心靈蒙上了陰影，希望它能成為守護你們的朋友。』而我們也的確將它當成寶貴的傳家之寶，代代相傳。」

「太……太棒了！真的太棒了。」安里好不容易才擠出聲音。

同時，他也心想：終於找到了！送給阿瑪莉耶小姐的禮物，非這顆黑珍珠莫屬！唯有這東西，最適合充滿神祕氣息的她。

然而，席娃小姐似乎看穿了安里的心思，厲聲說道：

「話先說在前頭，不管你出多少錢，我都不可能賣的。這顆黑珍珠是我家的傳家之寶，也是我的朋友，我千里迢迢將它帶來巴黎，就是因為不想與它分開。只要一戴上它，我就覺得非常有安全感。總覺得黑珍珠會吸收、淨化我心中的負面情感，使我感到神清氣爽、心靈祥和。」

席娃小姐的嗓音與神情，洋溢著她對黑珍珠的深厚情感。

安里感到絕望。看來，今生是與這東西無緣了。再這樣下去會輸的。鍾愛的阿瑪莉耶小姐，就要戴上其他人的寶石，永遠的離開自己了。唉，與其面對這種未來，倒不如現在一死了之。

安里垂著頭，流下淚水。席娃小姐直勾勾的注視安里，那雙灰中帶藍的眼眸，閃耀著機智的光彩。

席娃小姐緩緩開口：「這顆黑珍珠是我們烏蘭斯基一族的東西，據說除了我們烏蘭斯基一族之外，其他人絕對無法擁有它。畢竟，摩亞王可是對它下了驅逐小偷的詛咒呢……不過，看到你這麼傷腦筋，我不介意稍微將胸針借你一下。」

「咦！」

「我把這胸針借給你吧，只要勝負一出，你就得將胸針還我。我們以此立約，如何？」

「可……可是，如果是用借的……」

「說起來，用寶石選結婚對象，本來就很愚蠢。用愚蠢的手段對付愚蠢的事，不是正好嗎？為了爭取意中人的愛，特地為她借來合適的寶石，我不懂有哪裡不好。最重要的，難道不是選出最適合阿瑪莉耶小姐的寶石嗎？」

席娃小姐說得理直氣壯，安里越聽越糊塗。但經她這麼一說，好像也挺有道理的。

於是，席娃小姐俐落的擬好合約書，遞給安里。

「來，請在這裡簽名。請注意，不管你遇到什麼事，都必須將胸針還我。只要能遵守這一點，我就將胸針借給你。」

這下子，安里終於下定決心。

「我明白了。無論結果如何，我一定會將它還回來的。」

「這個嘛，說不定……會發生意想不到的事情呢！」

「咦？」

安里偏了偏頭，但是席娃小姐什麼都沒說，只是輕輕將小盒子交給他。就這樣，安里在截止日前一天，得到了黑珍珠胸針。

安里緊張得心臟快跳出來了。

昨天胸針送出去了，而其他情敵，似乎也已各自送出禮物。

今晚，阿瑪莉耶小姐將在舞會上，配戴其中一顆寶石現身。

究竟她會選擇誰的寶石呢？

神啊，請一定要讓她選擇那顆黑珍珠胸針呀！

安里緊張、焦慮得臉色發白，一直在大門附近等待阿瑪莉耶小姐的到來。

然而，阿瑪莉耶小姐卻遲遲不現身，馬車陸續抵達，下車的卻都是別的賓客。

直到半夜，阿瑪莉耶小姐還是沒有來。

發生了什麼事？難不成，她是在前往會場的途中出了意外？

一股與剛才截然不同的焦慮襲向安里，他想也不想就衝出舞會會場，前往阿瑪莉耶小姐留宿的飯店。

不料……

飯店瀰漫著一股嚴肅而沉重的氛圍。現場到處都是警察，忙得不可開交。

安里不禁背脊發涼。果然出事了！難道她被強盜攻擊？

他一把抓住旁邊的警察，大喊：「阿瑪莉耶小姐在哪裡！」

警察似乎一眼就看出安里的來頭，只見他露出憐憫的笑容，說道：「你要找的那名女子，已經被逮捕了。」

「逮……逮捕？」

「是的。以詐欺跟竊盜的嫌疑逮捕。」

「怎麼可能！不可能！一定是哪裡搞錯了，阿瑪莉耶小姐不可能有詐欺嫌疑！」

「先生，根本沒有阿瑪莉耶小姐這個人啦！我們還不知道那女人的本名，倒是知道幾個外號——黑色狐狸精，她會找機會接近有錢的老人，把對方迷得神魂顛倒，然後一把搶走對方的財產。以前這個女騙徒都是在鄉下行騙，但都市人還不知道她的傳聞，所以她才特地挑巴黎下手。」

「天啊……」

「她得到了想要的東西，於是假裝要參加舞會，其實是想溜之大吉。當然，她還欠了飯店住宿費。」

「我真不敢相信……她在哪裡？請讓我見她！」

「就在那輛馬車裡，你可以過去看一眼。」

安里趕緊衝向停在路上的警用廂形馬車，從窗口的縫隙窺探。她坐在兩名高大的警察中間，然而，安里並沒有立刻認出她。

怎麼變成這副樣子呢？

她的頭髮跟衣服都亂糟糟的，臉上甚至還有抓傷。

差異最大的，就是表情。

平常從容不迫的笑容，如今變成不懷好意的賊笑；深邃神祕的眼眸，如今正猥瑣的左瞧右看，八成是在盤算怎麼逃跑吧？

夜之女王的魅力，在此人身上蕩然無存。

安里失魂落魄的離開馬車。打擊實在太大，他連悲傷都感受不到，反而訝異自己當初怎麼會如此迷戀她？

「先生，你沒事吧？」剛才那名警察過來向安里搭話。

「嗯。請問……你們是怎麼查出她的身分？」

「其實是有人報案。對方說：『黑色狐狸精喬裝成一名叫做

阿瑪莉耶小姐的淑女，打算大賺一票。她可能會選擇今晚逃走，請嚴加戒備。』於是我們就包圍了飯店。那女人一看到我們就打算溜走，結果身上的胸針卻被窗簾卡住了。」

「胸針……」

「是一個鑲嵌著大顆黑珍珠的三角形胸針，那東西剛好絆住了她，因此我們才能成功抓到她。不好意思，先生。那女人拿走的寶石，警方必須全部帶走，一旦調查結束，就會還給你的。」

說完，警方就一齊撤退了。

安里佇立在原地，目送載著黑色狐狸精的廂形馬車離去。

幾天後，由於調查已經結束，因此警方也將寶石一一還給被害人。安里一拿到黑珍珠胸針，便直奔席娃小姐的住處。

席娃小姐笑盈盈的迎門，安慰道：「這回真是鬧出好大一場風波呢！難為你了。」

安里搖搖頭：「老實說，我的損失沒有其他求婚者那麼大。大概是那一晚看了她的真面目的關係，我對她的愛已經完全消失了。席娃小姐，向警方通報黑色狐狸精行蹤的人，是妳吧？」

席娃小姐靜靜的點點頭：「沒錯。」

「為什麼……你知道她的真面目呢？」

「我對社會案件很有興趣，因此經常閱讀歐洲各地的報紙。讀著讀著，我發現有個在鄉下犯案無數的女騙徒。她是個黑髮的謎樣美女，慣用手法是用婚姻當誘餌，非常擅長騙取有錢老人的金錢或寶石。」

「我暗想，這種騙徒，總有一天會犯下一件更大型詐欺案。接著，我聽到你們五人要用寶石爭取結婚機會，心想肯定就是她，便向警方報案了。」

安里不禁佩服起來，這個女孩真聰明啊！

不過，他還有一個問題。

「既然妳知道阿瑪莉耶小姐是騙徒……為什麼還要將重要的胸針借給我呢？」

「因為，我想知道這個胸針的傳說是不是真的。我最喜歡這類超自然話題了！」席娃小姐調皮一笑，從安里手中接下胸針，輕撫中央那顆發出低調光輝的黑珍珠。

「如果傳說是真的，那麼不管發生什麼事，這個胸針都會回到我身邊。這顆黑珍珠不會允許烏蘭斯基一族以外的人擁有它。如果此事為真，黑珍珠一定會好好教訓那個奸詐狡猾的女騙徒。我就是想確認這點，才會把黑珍珠借給你。」

安里聽了，也不禁會心一笑。

「那麼，傳說應該是真的。那個女人就是因為胸針鉤住窗簾，才會逃亡失敗的。」

「如今它也回到我身邊了。這輩子我都要將它好好珍藏，絕對不放手了！謝謝你特地將它送過來。」

「哪兒的話，該道謝的人是我才對。」

安里滿面通紅的注視著席娃小姐：

「席娃小姐，多虧妳的幫忙，我才能得救。我該如何報答妳呢？請務必讓我報答妳的智慧，妳有沒有想要的東西？」

「這麼一說，倒真的有。」席娃小姐又露出調皮的笑容。「安里先生府上的圖書室好像有很多珍奇罕見的書籍，下次你有空時，能不能讓我進圖書室瞧瞧？」

「這樣就夠了嗎？」

「是呀，這對我來說是最棒的獎勵，也是最棒的禮物。」

「沒問題！」安里點點頭。「隨時歡迎大駕光臨！」

「那就明天！明天方便嗎？」

「那當然。我會準備茶水與巧克力來迎接妳。」

「好哇，好期待！」

席娃小姐露出孩子般的燦爛笑容。
此時，安里突然發現席娃小姐真美……

黑珍珠

此珍珠如其名，泛指黑色或煙燻銀色的珍珠。這股含蓄嫵媚的風情，恰似夜之貴婦人的化身。此外，黑珍珠有個性、堅毅不撓，絕不受外界影響，因此能使主人的心靈不受邪念侵擾。黑珍珠的寶石語是「沉靜的強悍」。

鑽石

帶來災禍的寶石

好了，你是客人嗎？我懂了。既然館主邀請你來，我也必須多少招待一下才行。來，再靠近一點。

每個人在看過這「魔石館」的各種巨大、耀眼的寶石之後，心裡都會有同樣的疑問……

「為什麼這兒會有如此渺小的碎片？」

而我，就負責解答這項誤會。

如你所見，我現在只不過是個渺小的碎片，跟旁邊的祖母綠比起來，簡直寒酸透了。可是，從前，當我在深山被挖掘出來時，可是跟人類嬰兒的頭差不多大，堪稱史上最大顆的鑽石呢！

最先得到我的人，是波斯國王阿高砂。

國王看到我的第一眼，就成為我的俘虜了，他當時大喊：

「即使毀家滅國，我也絕不放開這件至寶！」

阿高砂將我納為己有，日日夜夜愛撫著我的閃耀，他稱我為「王者之魂」。

然而，被我擄獲的人，不只是阿高砂。

阿高砂的二兒子馬里翰，也愛上我了，他無法抑制自己想將我占為己有的衝動，於是在某個夜晚，毒殺了父王。

父王死後，馬里翰以為自己已經得到我……

但是，殘酷的王位之爭，很快就開始了。

馬里翰死於王位之爭，而阿高砂的孫子——米迪爾，繼承了王位。

不用說，米迪爾得到了我。他憎恨我，怪我為族人帶來災禍。

即使如此，他依然無法放棄我。每天晚上他都瞪著我，忿忿的指責道：「你真可恨，但是又多麼美麗啊！」

不久，米迪爾開始揣著我躲在房裡，足不出戶，深怕別人會將我搶走。

唉……整天想著寶石的懦弱國王，怎能使人心服呢？

米迪爾遭到了背叛，某一夜，僕人偷偷潛入他的房間，割開他的喉嚨。那男人將我從國王手中搶走，獻給鄰國國王基爾欽，希望能藉由這項禮物，換來不錯的身分地位。

基爾欽接受了我，卻將僕人斬首。

他說：「背叛君主的僕人，只有死路一條。」

如此這般，我成了基爾欽國王的寶石，而悲劇依然沒有畫下句點，仍不斷延續……

看來，越有錢有勢的人，對我的占有欲越強烈，他們就是想得到我這顆美麗的鑽石。

基爾欽國王一族也步上阿高砂國王的後塵，為我爭得頭破血流。但是，一旦統治國家的王族搖搖欲墜，國家也會隨之衰弱。瑪加蘭國王從以前就對基爾欽王國虎視眈眈，於是他趁虛而入，而且連我也不放過。他說：「只要交出鑽石，基爾欽國王及其族人就能免於一死。」

然而，這樁交易並沒有成功。

因為基爾欽國王的姪子夏里斯王子，把我從宮裡偷走了。我實在不喜歡這個王子。他是個卑鄙的男人，為了得到我，竟然將國王那幾個不到十歲的兒子們全部毒死。

後來我才知道，由於夏里斯王子的背叛，基爾欽國王一家全被殺光了。我感到心痛無比，這是多麼的殘酷！

沒錯，擄獲人心非我所願，我只是做自己而已。光是如此，人類就擅自崇拜我、渴求我，最後互相殘殺。人類真是一種醜陋、可恥的生物。

啊，抱歉，言歸正傳……

總之我就是不喜歡夏里斯王子。

被那種人觸摸，簡直難受至極。

或許是我的反感，為王子帶來了毀滅吧？

在逃亡途中，他的護衛們一舉背叛了他。眾人趁著王子熟睡時偷襲，狂刺數刀將他刺死。這種悽慘的死法，最適合他不過了。而我，也被夏里斯王子的護衛們帶到別的國家。

不過……無論我去哪裡，都發生同樣的慘劇。擁有我的人，沒有一個能壽終正寢。

久而久之，人們開始稱我為被詛咒的寶石、說我是帶來死亡的石頭。即使如此，渴求我的人依舊絡繹不絕。

真是的，重複講同樣的事情也挺累的。

不如，我就來聊聊最後的主人吧！

我最後的主人畢格爾，是一名猶太企業家。畢格爾在德國大發利市，有錢到能買下我。

沒錯，此時的我，已經從東方來到歐洲了。從我在深山被人挖掘出來到現在，算算也經過五百年了。這麼多年來，我走過無數的王朝、時代、國家，至於我換過多少主人……

嗯，不用說你也知道吧？

總之，我最後的主人畢格爾，也逃不過毀滅的命運。

當時德國正在打仗，統治者又是個獨裁者，這真是最糟糕的組合。我記得那個獨裁者好像叫做希特勒吧？他很憎恨猶太人，計畫性的大肆殘殺猶太人、奪取他們的財產。

而希特勒最想要的，就是我。畢格爾也十分清楚這一點。

當希特勒的手下大舉殺進畢格爾家時，只見畢格爾全身都綁滿炸彈，緊緊抱著我。

「希特勒休想得到這美麗的猶太至寶！」

語畢，他引爆了炸彈。爆炸的威力非常強烈，不僅畢格爾，連同房子以及屋內的所有男人，全都被炸得灰飛煙滅。

連我也不例外……

唉，連我都被炸碎了。

人稱世上最大、最美麗鑽石的我，就這樣成了無數的碎片。

變成這副德性，我看起來簡直跟玻璃碎片沒兩樣。

我就這樣毀了，而我曾經存在的事實，也在傳說的彼端逐漸模糊、逝去……

之後，德國變成了戰場，那些我四散在各處的碎片，大部分也逃不過被燒毀的命運。

好幾顆炸彈落在畢格爾宅邸遺跡，戰爭結束後，遺跡全被水泥填掉了，當初從烈火下倖存的碎片，也都沒入冰冷沉重的水泥裡，消失無蹤。

我？

算我命大，沒被燒掉也沒被水泥填掉，一隻烏鴉把我叼回巢裡。看來，牠很喜歡亮晶晶的東西。

然而，烏鴉終究免不了一死，我也從腐朽的鴉巢掉落，那時我早已做好心理準備，接下來可能長久的被埋在苔蘚或草叢裡。

不過，出乎意料的，有人找到了我、對我說話。

那就是這間「魔石館」的主人。

從那天起，我就在這兒了。

王者之魂、王之災禍、呼喚戰爭的魔石、死之閃耀……

我被賦予各種稱號，受到無數的人類渴求，如今卻只是小小的碎片。我這副模樣，應該沒有人會想多看我一眼吧？

但是那又如何？

人類不理我也無妨，只要我知道自己的價值就好。像我這樣的鑽石待在「魔石館」，可是再適合不過了。

怎麼樣？聽了我的故事，有沒有什麼感想？

呵呵，你的表情，變得跟最初大不相同了呢！

那就好，我可受不了有人把我當成寒酸的石頭！

鑽石

鑽石，也稱為金剛石，人稱世上最堅硬的寶石，名稱起源於希臘語的「Adamas」，意思是「不受任何人征服」。然而，越是巨大、美麗的鑽石，越是容易引發爭端，這也是事實。有幾顆知名的鑽石，就被謠傳受到了詛咒。不過，石頭們要是知道這件事，肯定會笑出來；因為，引來詛咒的，不正是人類自己嗎？

鑽石的寶石語是「純潔」、「不屈」。

尾聲

如何？這六個跟魔石有關的故事，您看得開心嗎？

有些故事令人驚奇，有些故事則令人惆悵。

寶石真是深奧，不僅使人憐愛，也使人憎恨。

然而，既然毀掉寶石的是人類，那麼，激發寶石真正的璀璨光芒的，想必也是人類。

如果可以的話，希望您能成為使寶石璀璨的人。
唉呀，差不多該閉館了。
下一次，請您再度光臨「魔石館」。

童心園 176
充滿祕密的魔石館2：翡翠之家的詛咒
秘密に満ちた魔石館2

作　　者　廣嶋玲子
繪　　者　佐竹美保
協　　力　松下仁美
譯　　者　林佩瑾
責任編輯　陳鳳如
封面設計　王蒲葶
內頁排版　連紫吟・曹任華

出版發行　采實文化事業股份有限公司
童書行銷　張惠屏・侯宜廷・林佩琪・張怡潔
業務發行　張世明・林踏欣・林坤蓉・王貞玉
國際版權　施維真・王盈潔
印務採購　曾玉霞・謝素琴
會計行政　許俽瑀・李韶婉・張婕莛
法律顧問　第一國際法律事務所　余淑杏律師
電子信箱　acme@acmebook.com.tw
采實官網　www.acmebook.com.tw
采實臉書　www.facebook.com/acmebook

I S B N　978-986-507-403-6
定　　價　300 元
初版一刷　2021 年 6 月
劃撥帳號　50148859
劃撥戶名　采實文化事業股份有限公司
104台北市中山區南京東路二段95號9樓
電話：(02)2511-9798　傳真：(02)2571-3298

國家圖書館出版品預行編目資料

充滿祕密的魔石館 . 2 : 翡翠之家的詛咒 / 廣嶋玲子作 ; 佐竹美保繪 ; 林佩瑾譯 . -- 初版 . -- 臺北市 : 采實文化事業股份有限公司 , 2021.06
面 ;　公分 . -- (童心園 ; 176)
譯自 : 秘密に満ちた魔石館 . 2
ISBN 978-986-507-403-6(平裝)
861.596　　110006836

HIMITSU NI MICHITA MASEKIKAN2

采實出版集團
ACME PUBLISHING GROUP

童心園

童心園

童心園

童心園